Friedrich Kabermann

ENGELSSPUR

Über das Buch

Die Weihnachtsgeschichte neu erzählt, als Geschichte der Adoption: Wir können einander nur annehmen, wenn wir erfahren, dass wir selber angenommen sind.

Ein Kind ist uns geboren und wartet darauf, dass wir ihm Heimat geben. Aber wie? Indem wir ihm Raum und Zeit gewähren und es eintreten lassen in unseren Lebensraum. Wir müssen die eigene Zeit so mit ihm teilen, dass sie eine Biografie werden kann. Gelingt das, geschieht Weihnachten immer wieder neu, und wir erfahren das Dasein als Wunder, das uns in seinen Anspruch nimmt.

Im Fall von Marie und Johannes begann das Wunder mit dem Engel, der zu ihnen kam, als sie noch Kinder waren. Seitdem hat er sie durchs Leben begleitet – eine einzige Rätselspur. Sie sind miteinander verheiratet und leben auf einem Berghof im schweizerischen Wallis. Nach Jahren des Alleinseins haben sie die sechsjährige Dorothea adoptiert, die nun am Vorweihnachtsabend für immer zu ihnen gekommen ist. Sie wollen ihrer Tochter nicht nur ein Dach über dem Kopf geben, sondern ein Zuhause, eine Lebensheimat.

Das geschieht dadurch, dass sie abwechselnd erzählen, wie sie sich als Kinder kennen lernten und dann als Erwachsene den Lebensweg gemeinsam fortsetzten. Der aus hellem Holz geschnitzte Engel, den sie Dorothea am ersten Abend schenken, ist Zeuge ihres Bundes, den nun die Tochter erfüllt.

Dorothea erlebt die Erzählung der Eltern so intensiv mit, dass es ihr vorkommt, als gehörte sie von Anbeginn zu der Geschichte dazu. Doch Marie und John berichten aus unterschiedlichen Perspektiven, so dass es scheint, als verirrte sie sich in diesem Zeitlabyrinth. Hinzu kommt die Frage: Ist Weihnachten noch möglich in einer zur Eiswüste erstarrten Welt? Aber Dorothea folgt unbeirrt der Spur des Engels und nimmt ihre Eltern so an wie diese sie, als Geschenk. Das entspricht ihrem Namen: Dorothea, das Gottesgeschenk.

Form und Sprache der Geschichte gleichen einem Transparent, das einen Engel zeigt, der aus der Kälte kommt. Doch die neue Eiszeit scheint ihn nicht zu berühren, auch verkündet er keine Botschaft, sondern ist Gesang, ein einziger Lobgesang.

Friedrich Kabermann

ENGELSSPUR

Roman

Bibliografische Information der Deutschen Bibliothek:
Die Deutsche Bibliothek verzeichnet diese Publikation
in der Deutschen Natonalbibliografie;
detaillierte bibliografische Daten sind im Internet
über <http://dnb.ddb.de> abrufbar.

Umschlaggestaltung und Layout: WeKa
Herstellung und Verlag:
BoD - Books on Demand, Norderstedt 2012 / 2021

ISBN 978 3 752686371

Inhalt:

*Dem Röslein
gewidmet*

Advent

Sie stand wie erstarrt am Fenster und staunte. Die Sonne glühte hinter der Bergkette auf, als balancierte sie über die Felsgrate und führte einen Feuertanz auf. Der Himmel über dem Großen Kelchen leuchtete in frostigem Rot, im Tal, das sich wie ein Trichter nach Westen auftat, traten die Schatten aus den Wäldern hervor. Leicht umspielten sie die Lichter im tiefen Grund, auch aus den Seitentälern drang es schwarz herauf. Lautlos stieg die Flut an den kahlen Hängen empor, schon umspülte die Almen ihr blauer Saum – tiefe Stille herrschte im weiten Rund. Der Kranz der Berge war wie in Gold gefasst, der scheidende Tag setzte der Nacht die Krone auf.

Nasskalte Luft stieß von draußen in die Stube herein, rasch schloss sie das Fenster, blieb aber unverwandt stehen. Sie versuchte sich vorzustellen, wie das Tal aussah, wenn Schnee lag. Wie ein Trichter, wie ein weißer Krater vielleicht? Nur oberhalb des Waldsaums, jenseits der Baumgrenze, lag ewiger Schnee, die Bergriesen hatten das gesamte Jahr über weiße Kappen auf. Letztes Licht fiel auf den Fichtenkranz, der das Tal umgab, dort, wo die Lärchen standen, flochten sich rotbraune Muster ein. Viele von ihnen hatten ihr kupfernes Kleid noch bewahrt, doch dauerte es nicht lange, dann wurden auch sie in samtene Dämmerung gehüllt. Der Tag verlor an Glanz, doch leuchtete nun die Nacht in grundloser Tiefe auf.

Dorothea wandte den Blick von der Höhe ins Tal, wie helle Adern durchzogen die Wege den gegenüberliegenden Hang. Manche wanden sich in Serpentinen in die Tiefe, ihr war, als versickerten sie dort in der Dunkelheit. Am Grunde glommen Lichter auf, sie fügten sich zu Mustern und schimmerten wie auf Seide gestickt, als glichen sie den Sternbildern im Spiegel der Nacht.

Die violetten Schatten hatten den Kiefernwald erreicht, der oberhalb des Hofes lag, die Bäume dort mussten uralt sein. Sie erkannte die gerippten Stämme, die großborkige Rinde, jeder Baum glich einem Ritter in schuppigem Panzerhemd. Wind und Wetter glitten an ihnen ab, die Jahre hatten sie nicht gefällt, das Tal stand noch immer unter ihrem Schutz. Manche glichen im Zwielicht riesigen Recken, durch die Wipfel brausten die Stürme der Zeit; tief wurzelten sie im uralten Grund. Nur die Kronen standen noch im lichten Abend und grüßten hinunter zum Hof. Dorothea erwiderte den Gruß und winkte ihnen zu – da fiel das Gefühl der Fremdheit von ihr ab.

Wie neu alles war, wie vertraut zugleich, als habe sie die Bilder vorhergeträumt! War sie seit gestern hier, seit einem Jahr oder ihr Leben lang? Seit gestern erst, mit dem frühen Abend hatte ihr neues Leben begonnen, gestern hatte sie das Licht der Welt erblickt. Alles davor war etwas anderes gewesen, ein Vorleben vielleicht, ein Leben mit Nachbeben bis in die Träume hinein.

Selbst am Tage holten sie die Erinnerungen ein, vor allem die Bilder vom Heim mit seinen kahlen Zimmern und Korridoren und dem kalten verfliesten Grund. Auf ihm hallten die Schritte wie in einem Tunnel, vor allem wenn Frau Heidenreich kam.

O dieser Schritt! Er hallte nicht nur, sondern knallte wie Schüsse durchs Haus, als wären die Stiefelabsätze aus Metall. Auch ihre Stimme war aus Metall, wenn sie eines der Kinder rief. Meist hagelte es Vorwürfe, niemand machte es ihr recht. Mitunter gab es auch Gutes zu sagen, doch selbst dann klang die Stimme scharf und spitz, als führe ein Messer über Glas.

„Du bekommst Besuch, Dorothea, sieh zu, dass du dich benimmst. Wenn du Glück hast, wirst du neue Eltern erhalten, sie haben schon einen Antrag gestellt und heißen John und Marie."

Neue Eltern? Eltern gab es nur einmal, ihre Eltern waren tot. Sie waren im Himmel, nur Gott wusste, warum. Sie fror an diesem Abend noch mehr als sonst, Frau Heidenreichs Ankündigung hatte sie fröstelnd gemacht. So kam es, dass sie nicht einschlafen konnte, die Bilder strömten ihr zu, Bilder der Erinnerung, durch Frau Heidenreich aufgeregt. Erinnerung? An ihre Eltern konnte sie sich nicht erinnern, nur an die Heimleiterin und das Heim, an die Fenster, die sich nicht öffnen ließen und an die stickige Luft. Das Haus war unheimlich, alles verlief sich in ihm, nicht nur die Zeit, auch das Lachen, das Licht, das Leben überhaupt.

„Deine Eltern haben einen Unfall gehabt, einen Autounfall, als du drei Jahre alt warst. Hast du mich verstanden?" Frau Heidenreichs Stimme schnitt jedes Widerwort ab.

„Jawohl", hatte sie geantwortet, gedacht aber: Nein, das ist nicht wahr! Es war kein Unfall, ein Zufall war's. Es war reiner Zufall, dass es an diesem Tag regnete, dass das Kind über die Straße lief, dass der Vater so stark bremsen musste, dass das Auto ins Schleudern geriet, dass der andere Wagen entgegen kam, dass beide Autos sich drehten, dass alles sich drehte, dass alles am Ende stille stand. Wer? Das Herz, Frau Heidenreich, mit dem Herzen steht auch das Leben still, der Atem, die Gedanken, alles steht still; es ist dann auf Erden vollkommen still. Die Eltern sind im Himmel, Frau Heidenreich, dort, wo auch die Zeit stille steht; sie haben keine Zeit mehr, nicht für sich, nicht für mich. Nur ich habe Zeit, aber ich weiß nicht wofür. Das ist die Wahrheit, Frau Heidenreich: Niemand hat Zeit für mich.

Wie oft hatte sie versucht, sich die Gesichter der Eltern vorzustellen, aber die Erinnerung blieb dunkel, in ihr Inneres fiel kein Licht. Einmal hatte sie die Mutter im Traum gesehen, in einem langen weißen Gewand. Rief sie etwas? Rief sie: Komm, Dorothea, komm? Jedenfalls hatte sie den Mund geöffnet, so als ob sie sänge, Dorothea war, als vernähme sie einen unerhörten Ton. Da wollte sie ihr zurufen: Mutter, hörst du mich? Aber die Mutter beachtete sie nicht, keine Bewegung, keine Regung zeigte sich an ihr. Hatte sie im Traum die Ewigkeit geschaut? Dann hatte sie einen Albtraum gehabt, der sie in Erstarrung fallen ließ. Denn im Himmel war alles tot – warum hatte nur sie der Tod verschont? Wäre sie mitgefahren, wäre sie ebenfalls tot, und Himmel und Erde wären nicht getrennt. Nun war sie allein auf der

Welt, lebendig begraben – sie spürte, dass sie weinte, mit nassen Augen erwachte sie aus dem Traum.

Frau Heidenreich stand neben dem Bett und sah streng auf sie herab: „Die anderen sind lange fertig, du bist wieder die Letzte, jeden Morgen aufs Neu!"

„Ich habe geträumt", sagte Dorothea.

Frau Heidenreich nickte: „Wann träumst du nicht? Es wird Zeit, dass du aufwachst, nur wer wach ist, lebt wirklich. Leben heißt wach sein, beständiges aufgeweckt sein."

Frau Heidenreich träumte nie, sie war stets ausgeträumt. Sie lebte in der Gegenwart und war nichts als Gegenwärtigkeit. Selbst Eltern konnte sie herbeischaffen, nicht die wahren Eltern, wohl aber Marie und John, ihren Mann. Seit Wochen schon besuchten sie sie im Heim und mit jedem Besuch veränderte sich die Wirklichkeit: Die alte verabschiedete sich und eine neue begann.

„Mach mir keine Schande", hatte Frau Heidenreich gesagt und ihr zum Abschied die Hand gereicht. Klang sie anders als sonst? Es war, als könnten Stimme und Stimmung brechen, und Frau Heidenreich hätte vor einem solchen Stimmbruch Angst. „Auf Wiedersehen will ich nicht sagen", meinte sie mit belegter Stimme, „vergiss uns wenigstens nicht im Heim. Vergangenheit und Zukunft sind in Wirklichkeit eines, zugleich auch getrennt wie Bild und Spiegelbild."

Sie hatte genickt und war Marie gefolgt, dann saß sie im Auto, und Onkel John schlug die Türe zu. Frau Heidenreich winkte nicht, als der Wagen anfuhr, sie drehte sich um und ging ins Haus. Dorothea hatte aufgehört zu existieren – hatte sie nicht immer nur auf dem Papier existiert?

Die Nachtschatten hatten die Gipfel erreicht, blaues Licht stürzte ins Zimmer, es knackte im Haus. Das Haus arbeitet, hatte Marie gesagt, es besteht kein Grund zur Furcht. Das Haus dehnt und reckt sich, wenn es erwacht, und es zieht sich zusammen, wenn es ruht und schlafen will. Nachts kannst du es atmen hören, manchmal seufzt es, manchmal stöhnt es, jedenfalls schläft und träumt es wie du und ich.

„Wovon?"

„Dass es lebt. Es träumt von den Menschen, die in ihm wohnen, ihre Schicksale sind sein Traum. Ein Haus, das leer steht, wirkt ausgestorben, vielleicht ist es wirklich tot. Mit dir ist es wie neu geboren, du bist nun eingeboren in unser Haus."

Dorothea wollte kein Licht machen, sie versuchte, die Sterne zu zählen, die als nadelfeine Löcher im blassblauen Himmelszelt leuchteten. Aber es gelang ihr nicht, sie vermehrten sich zu rasch. Jenseits des Himmels musste ein ungeheures Licht brennen, ein Feuer, das die Sonne erblassen ließ. Nachts wurde der Himmel durchsichtig, der Tag dagegen machte ihn blind. Schlief der Himmel, leuchteten die Sternbilder als seine Traumgesichte auf.

Dieser Einfall war ihr am gestrigen Abend gekommen, als sie zum ersten Mal unter dem Dachfenster im Bett gelegen hatte. Sie konnte nicht einschlafen und blieb lange wach – Marie hatte recht, auch das Haus schlief nicht ein. Sie hörte es atmen, unregelmäßig, je nachdem, wie der Wind um den Dachfirst ging. Sie starrte ins Dunkel, die Sterne wurden größer, als brennte das Himmelslicht tiefe Löcher in die Nacht.

„Kann der Himmel reißen?" Auch im Zimmer war es dunkel, sie sah Marie und John als Schemen vor der weiß getünchten Wand.

„Vielleicht", die Stimme von John klang wie vom Ende der Welt. „Man sagt ja auch, die Wolkendecke reißt auf."

„Dann muss es über dem Himmel sehr hell sein", Dorothea gähnte, ihr fielen die Augen zu.

„Sehr hell", hörte sie Maries Antwort, „blendend hell."

Sie ließ die Erinnerungen ruhen, wandte sich von der Aussicht ab und trat einige Schritte in die Stube zurück. Sie hörte Marie in der Küche hantieren, Geräusche, die sie zu kennen glaubte, als setzten sie erste Erinnerungen an. Sie lächelte, als sie die aschgrauen Bergspitzen sah, der verlöschende Tag wirkte wie ausgebrannt; ungeheure Massen von Schlacke türmten sich am Horizont.

Dorothea stieg die Treppe zu ihrem Zimmer hinauf, das Dachfenster schimmerte als Rechteck blassblau über ihr. Sie starrte hinauf und nahm sich vor, heute länger wach zu bleiben als am Abend zuvor. Im Heim hatte sie ebenfalls am Fenster geschlafen, aber in der Stadt war der Himmel nicht dunkel gewesen, sondern schwarz, stets hatte sie Angst vor dem Einschlafen gehabt. Die Gefahren des Tages kehrten zurück, sie nahmen übergroße Gestalt an und rückten ihr als Albtraum auf den

Leib. Frau Heidenreich blätterte in einer Akte mit ihrem Namen und strich mit dem Rotstift Seite für Seite durch. Vor allem, wenn es regnete und der Wind sich in Stößen im Haus verfing, kam sie sich wie in einem Sack eingeschnürt vor. Gleich würde ihn Frau Heidenreich ganz und gar zuziehen, in ihm erstickte jeder Hilfeschrei.

Hier dagegen war der Himmel heller, obwohl schon die Nacht hereingebrochen war. Ob das daran lag, dass der Hof von John und Marie hoch über Egesdorf lag? „Die Luft ist bei uns dünner als in der Stadt", hatte John gesagt, „aber daran gewöhnst du dich rasch. Um diese Zeit ist das Wetter unruhig, du denkst, der Himmel ist klar und er ist auch klar. Kaum aber hast du dich umgedreht, steigt ein Unwetter von den Bergen und hüllt alles in Nebel ein; mitunter fällt dann die Temperatur unter Null. War es eben noch zu warm und du zogst dir die Jacke aus, ist es auf einmal zu kalt, und du wünschst dir Mütze und Schal."

„Kommt das von der dünnen Luft?"

„Wer weiß?" John lachte: „Jedenfalls ist der Himmel hier näher als in der Stadt und die Erde ebenfalls."

Dorothea grübelte über den Satz nach – konnte beides zugleich wahr sein? Dass die Luft dünner war, schien ihr unbestreitbar, der Blick ging nicht nur weiter, er ging auch leichter durch die Luft hindurch. Vorhin, als die Sonne untergegangen war, hatte sie für einen Augenblick geglaubt, sie könnte die Berge mit Händen greifen, wenn sie sich weit genug aus dem Fenster lehnte – eine Handbreit nur, dann berührten die Finger das Kelchen-Massiv. In der Dämmerung wirkte es wie

14

ein ruhender Elefant, ein Elefant, der mit rundem Rücken lag und schlief. Wenn er erwachte und sich erhob, musste er an den Himmel stoßen. Dann riss, dann zerbarst sein Gewölbe, das Firmament stürzte ein!

Das war es: Nicht nur die Luft, auch der Himmel war dünner als in der Stadt, er war durchsichtig, straffer gespannt wie ein seidiger Sonnenschirm. In der Stadt hing er oft durch bis dicht auf die Dächer, die Hochhäuser kratzten die Wolken nicht an, sie bohrten sich tief in den Himmel hinein. Hier dagegen war er unberührt, es schien sogar, als wölbte sich ihm die Erde entgegen. Zog sich der Himmel vor ihr zurück, wich er der Sehnsucht der Erde aus?

Sie setzte sich aufs Bett, ließ sich nach hinten fallen und starrte hinauf. Das Fenster glich dem Umriss eines hellen Schachts, durch den das Sternenlicht wie eine Strahlenleiter fiel. War das Glas aus Kristall? Die Sterne ähnelten kleinen Sonnen, wie auf dem Bild mit den dunklen Zypressen, das bei Frau Heidenreich über dem Schreibtisch hing. Da tanzten die Sterne, sie sandten Lichtpfeile aus, die jeden, den sie trafen, verwandeln mussten. Doch in was? Das lag an den Wünschen, die jeder in sich trug. Solange sie denken konnte, wünschte sie sich, ein Engel zu sein, ein Bote zwischen Himmel und Erde, in beiden Sphären zu Haus. Dann konnte sie zu den Eltern fliegen, mit der Macht des Todes war es vorbei; auch mit den Albträumen wie gestern in der ersten Nacht. Frau Heidenreich hatte ihr Formulare in die Hand gedrückt und sie damit in einen kahlen Raum gesperrt: „Du darfst uns nur verlassen, wenn du alles ausgefüllt hast!" Damit war sie gegangen und hatte

15

den Riegel vor die Tür gelegt. Dorothea war allein in der Zelle, die Sprache auf den Formularen verstand sie nicht. Auch besaß sie nichts zum Schreiben – sie rief, sie schrie, doch niemand befreite sie.

Da war sie erwacht – ihr erstes Erwachen in der neuen Welt! Sie wusste nicht, dass sie lächelte, sie fühlte nur, sie war zu Haus. Ein weißer Morgen dämmerte herauf, silbernes Licht spülte er durch das Fenster herein. Ein Staunen ergriff sie, alles war Augenblick, Gegenwart: der Abschied vom Heim, die Fahrt hierher, auch die Schattenflut, die die Täler füllte, als drückte Grundwasser die Hänge hinauf. Vereinzelt stiegen Lichter aus der Tiefe auf – so hatte sie sich Vineta vorgestellt.

Die Bilder wechselten, Marie war in die Stube getreten, am Kachelofen leuchtete die Stehlampe auf. Ein freudiger Schreck hatte Dorothea überrascht, als sie sah, wie sich ihr Spiegelbild aus dem Dunkel löste und einem Engel gleich über dem Tal zu schweben schien. „Komm", hatte Dorothea zu ihm gesagt und einen Schritt auf ihn zugemacht, die Gestalt hatte das Gleiche getan. Es war, als würden Traum und Wirklichkeit eins und ein ewiger Bruch endlich geheilt.

Marie war dicht an sie heran getreten, ihre Worte hatten sie wie ein Hauch gestreift: „Als ich das Tal zum ersten Mal sah, war ich kaum älter als du. Ich stand an derselben Stelle, auch mich hatte das Staunen stumm gemacht." Dann hatte sie geschwiegen, im Haus war es still gewesen, auch draußen hatte eine Stille geherrscht, die für Dorothea neu und übermächtig war. Nebel hatte die Sicht verändert, es war, als sei der Hof wie mit beschlagenen Spiegeln umstellt.

Sie schloss die Augen, die Erinnerung schärfte sich ein. Es schien, als läge sie nicht im Bett, sondern schwebte auf einem Luftkissen durch den Raum; ihr war unwirklich zumut. Mit Verwunderung nahm sie wahr, wie sich die Gegenstände von ihrem Hintergrund lösten und auf sie zutraten, als stellten sie sich ihr einzeln vor. Sie hatte das Zimmer anders in Erinnerung gehabt, es schien größer geworden zu sein, still starrten die Dinge sie an. Die Schranktür knarrte, der Stuhl rückte vor, die Deckenlampe schwang leicht hin und her. Auch der große Spiegel bewegte sich und stieg von der Wand.

„Was willst du?" fragte sie ihn, doch der Spiegel schwieg, stumm stellte er sich am Fußende des Bettes auf. Leicht neigte er sich vor, Licht fiel in ihn ein, nun hätte sie sich erkennen müssen, doch sie sah nichts, der Spiegel spiegelte nichts. Sie wandte den Kopf zur Seite, dorthin, wo auf dem Nachttisch die Lampe stand. Aber wieder erschrak sie, auch hier sah sie nichts. Ich muss mich mehr drehen, sagte sie sich, was gestern da war, ist heute nicht weg. Sie wunderte sich, wie schwer die Bewegung fiel, eigentlich musste sie nun die Lampe sehen. Doch der Platz blieb leer, die Lampe war weg. Dafür sah sie *ihn*, er stürzte in ihren Blick – ein bestürzender, überstürzender Augenblick.

Er war nicht groß, drei Handbreit hoch und das Gewand, das er trug, hauchdünn, als fiele ein Lichtschleier herab. Auch das Gesicht war unter dem Schleier geborgen, zwar nicht verborgen, doch verhüllt, nur verschleiert wahrnehmbar. Die Arme lagen am Körper an, die Hände waren wie Schalen geöffnet, als brächten sie Gaben dar. Aber sie waren leer, der Engel kam mit leeren Händen – brachte er sich selber zum Geschenk? Dorothea richtete sich auf, rückte näher heran und betrachtete ihn. Um Haupteslänge überragten die Flügel die helle Gestalt.

„Wo kommst du her?" fragte sie flüsternd, doch der Engel schwieg. Sie betrachtete das verhangene Gesicht, so weit es im Halbdunkel möglich war – die Stirn, die Augen, die Nase, den Mund. Waren die Augen geschlossen oder geöffnet, war der Engel sehend, war er blind? Sie wusste es nicht, was sie sah, war etwas anderes: Der Engel hatte das Gesicht erhoben, als schaute er über sie hinweg. Er hatte auch seine Stimme erhoben, der Mund war geöffnet – der Engel sang.

„Was singt er?" fragte sie, als sie mit Marie am Morgen in der Stube saß.

„Das weiß ich nicht", war Maries Antwort. „Der Engel singt wie der Mensch atmet. Hört er auf zu singen, ist es, als stockte der Atem, das Herz stünde still."

„Kann der Engel sterben?"

Marie schüttelte den Kopf. „Er kann sich verlieren, so wie er sich eingefunden hat – er kommt und geht, wie es ihm beliebt. Manchmal bleibt er ein Leben lang, manchmal sogar zwei oder drei, dann wieder nur kurze Zeit."

„Zwei Leben lang?"

Marie nickte: „Deines und meines. Er war mein Schutzengel schon, nun schützt er auch dich, uns beide, uns drei." Sie lächelte, John trat in die Küche, er kam vom Hof und setzte sich zu ihnen an den Tisch.

„Besser geschlafen als in der ersten Nacht? Oder hat dich wieder ein Albtraum besucht?"

Dorothea schüttelte den Kopf: „Der Engel hat mich geweckt. Er hat gesungen, da bin ich aufgewacht."

„Der Engel?" John runzelte die Stirn: „Richtig, er ist aus Holz, aus Lindenholz, das mit der Zeit nachgedunkelt ist."

„Nachgedunkelt?" Dorothea zog die Augenbrauen hoch.

„Durch das Licht", John nickte: „Licht leuchtet nicht nur, Licht dunkelt auch ab. Wenn du eine Kerzenflamme betrachtest, siehst du, dass ihr Kern dunkel ist. Das Licht hat zwei Naturen, es macht sehend, aber auch blind, schaut man zu lange hinein. Ohne Licht wüssten wir nicht, was Dunkelheit ist. Darin gleicht ihm der Engel, eine lichte Gestalt, die trotzdem ihren Schatten wirft, weil sie eine sichtbare Seite hat. Ich glaube, der Engel steht für beides ein, er ist im Sichtbaren und im Unsichtbaren zu Haus."

Der Tag verging wie im Flug. John zeigte ihr den Hof, die Ställe, die Tiere – „ein Erbhof", sagte er, „er wurde von einer Generation zur anderen vererbt." Nach dem Abendbrot saß Dorothea am Kachelofen und sah Marie beim Stricken zu. Die Nadeln waren aus Metall, mitunter leuchteten sie auf, wenn das Lampenlicht auf sie fiel. Marie hantierte mit einem Strahlenbündel und schickte Blitze durch den halbdunklen Raum.

„Kam er von selber?" fragte sie.

„Wer?" Marie sah nicht auf, sie hatte den Kopf über das Strickzeug gebeugt und schien die Maschen zu zählen. Das Gesicht lag im Schatten, kleine Funken tanzten auf dem Scheitel, das Flaumhaar im Nacken leuchtete golden auf.

„Der Engel." Dorothea lehnte sich an die warmen Kacheln und ließ den Blick durch die Stube gleiten. Noch nie hatte sie einen Raum mit so tiefer Decke gesehen. Dicke Balken liefen über die helle Fläche hin, die Wände waren mit Holz verkleidet, die Dielen knarrten bei jedem Schritt.

„Er kam von selber", nickte Marie, „aber das ist eine lange Geschichte." Sie lächelte und neigte den Kopf noch tiefer über die Arbeit, ihre Züge veränderten sich mit jeder Bewegung, das lag am wechselnden Lichteinfall. Je nachdem, ob sie nach oben oder unten sah, lief die Schattengrenze über sie hin. Dorothea dachte an den Saum des Meeres, der sich senkte und hob. Das hatte sie in einem Film gesehen, das wirkliche Meer kannte sie nicht.

„Erzählst du sie mir?"

Sie erhob sich und stellte sich neben Marie, die die Arbeit wieder aufgenommen hatte. Sie verfolgte die Nadeln, die in der Luft zu tanzen schienen und schloss die Augen zu einem schmalen Schlitz. Nun sah sie nur noch das flimmernde Licht, das wie eine Wunderkerze Funken versprühte. Ob John Wunderkerzen an den Weihnachtsbaum hing? Noch nie hatte sie welche gesehen. Im Heim wurde der Baum elektrisch erhellt, er schaltete sich wie eine Lampe ein und aus. Von den

Wunderkerzen hatten jene Kinder erzählt, die das Fest bei den Gastfamilien feierten. Sie selbst hatte sich stets gesträubt, den Heiligen Abend in einer solchen Familie zu verbringen, die Umstellung war ihr zu groß. Bis Mitternacht mussten alle zurück sein im Heim, nicht anders als bei einem Kinobesuch. War der Film vorbei, drohte die Rückkehr in die Wirklichkeit. Die Welt erschien dann noch einmal so kalt, wie in Neonlicht getaucht, das gräuliche Schatten wirft.

„Erzählst du sie mir?" wiederholte sie.

„Wenn du im Bett liegst", war die Antwort. Marie lächelte, es war ein Lächeln der Erinnerung. Dorothea spürte, dass es nicht ihr galt, sondern jenen Bildern, die aus einer anderen Welt stammten und nur für Marie zu sehen waren. Für einen Augenblick fühlte sie das Trennende als Schmerz, zwischen ihr und Marie war eine unsichtbare Wand, hart wie aus Panzerglas. Zugleich spürte sie etwas anderes, das alles Trennende überwand. Marie hatte am Nachmittag den Weihnachtsstollen gebacken, der Duft hing noch in ihren Kleidern und entströmte dem Haar; sie glich einem Vorboten für das kommende Fest.

„Komm", sagte Marie und legte ihr die Hand auf die Schulter, „am Heiligen Abend wird es spät. Du darfst nicht zu lange schlafen, wenn du am Morgen mit John den Weihnachtsbaum holen willst."

Alles war für Dorothea neu und doch so vertraut, als hätte sie es schon einmal durchlebt. Im Heim hatte sie sich selber Geschichten erzählt, wenn sie nachts wach lag, ja da erzählten sich die Geschichten von selbst. Als Marie und John sie das erste Mal besucht hatten, war ihr gewesen, als kennte sie beide schon. Doch was war Ruf, was Echo, was Wirklichkeit, was Traum?

Zum ersten Mal hatte sich der Tag gerundet, wieder war es Abend geworden, Dorothea lag im Bett, der Engel stand neben ihr. Wann kam Marie und sagte gute Nacht? Die Tür stand offen, ein breites Lichtband fiel in den Raum, das Warten war neu, das hatte sie in keinem Traum vorhergesehen. Neu war auch das Gefühl, dass sie die Erwartete war. Eine Tür schlug zu, die Dielen knarrten, Marie kam die Treppe herauf. War sie allein, war John bei ihr? Sie kam allein, trat über die Lichtbahn in die Dunkelheit, blieb im Türrahmen stehen und flüsterte: „Dorothea?" Es war kein Ruf, nur eine Frage, eine Frage, die schon das Glück der Antwort kennt.

„Ja." Auch Dorotheas Antwort war leicht, kaum hörbar, wie gehaucht, dann war es vorbei, das Frage- und Antwortspiel. Marie setzte sich zu ihr, sie brachte die Wärme von unten mit, das Warten war zu Ende, alles erfüllte sich in diesem Augenblick.

„Ist die Geschichte lange her?"

Auch Dorothea flüsterte, ohne zu wissen warum. Sie hatte sich tiefer in die Decke gehüllt, im Haus gab es keine Zentralheizung, unter dem Dach war es kalt. Der Wind fuhr durch die Fichtenkronen, die die Wetterseite des Hauses schützten, dort ging es hinter den Ställen zur Alm hinauf. Sie freute sich darauf, am Morgen mit John zum Kiefernwald zu wandern, der unterhalb der Wetteralm lag; die Alm selber war kahl, hatte John gesagt. Früher habe auch sie lichten Baumbestand gehabt, nun gedeihe dort nur noch Gestrüpp und Unterholz. Der Wald zog sich zurück, der Fels machte sich breit, John hatte geseufzt, der Riese Granit stiege ins Tal.

„Ist die Geschichte lange her?" Die Frage stand noch immer im Raum.

„Das ist schwer zu sagen", antwortete Marie.

„Was?"

„Wie lang die Geschichte zurückliegt. Es gibt Geschichten, die hören nicht auf, sie gehen immer weiter, fort und fort."

„Wo gehen sie hin?"

„In die Wirklichkeit. Aber das ist ein Geheimnis, das Geheimnis der Sprache, da nicht jede Geschichte in die Wirklichkeit eingeht."

„Ist das wie im Traum?"

„Vielleicht so ähnlich. Für den, der erzählt, wird die Wirklichkeit Geschichte, für den, der zuhört, wird die Geschichte Wirklichkeit."

Marie hatte sich ein wollenes Tuch um die Schultern gelegt, Dorothea schloss daraus, dass sie länger bleiben werde als am ersten Abend, an dem sie von der Reise ermüdet war.

„Fängt die Geschichte mit: *Es war einmal* an?"

Marie schüttelte den Kopf. „Sie beginnt mit: *Es begab sich aber zu der Zeit …* "

„*… da ein Gebot von dem Kaiser Augustus ausging*", fiel Dorothea enttäuscht ein. „Diese Geschichte ist langweilig, wir mussten sie im Heim auswendig lernen und am Heiligabend aufsagen. Wer stockte oder sich versprach, durfte keinen Christstollen essen."

Aber Marie ging darauf nicht ein: „Es begab sich aber

zu einer Zeit", wiederholte sie, „da stand, lange bevor du geboren warst, unten in der Stube an einem Vorweihnachtsabend wie dem gestrigen ein Mädchen am Fenster, blickte hinaus über Berg und Tal und staunte: Die Sonne glühte hinter der Bergkette auf, als balancierte sie auf den Felsgraten und führte einen Feuertanz auf. Der Himmel über dem Großen Kelchen leuchtete in frostigem Rot, im Tal, das sich nach Westen wie ein Trichter auftat, traten die Schatten aus den Wäldern hervor. Leicht umspielten sie die Lichter im tiefen Grund, auch aus den Seitentälern drang es schwarz herauf. Lautlos stieg die Flut an den kahlen Hängen empor, schon umspülte die Almen ihr blauer Saum – tiefe Stille herrschte im weiten Rund. Der Kranz der Berge war wie in Gold gefasst, der scheidende Tag setzte der Nacht die Krone auf."

„Wie hieß das Mädchen?" fragte Dorothea. Sie lag regungslos da wie eingeschmolzen in die Dunkelheit, doch Marie antwortete nicht. Einige Atemzüge lang herrschte Stille, als müsste sie sich besinnen, weil ihr der Name entfallen war. Dorothea spürte, wie Maries Hand leicht über ihr Haar strich, dann hörte sie sie fortfahren: „Die violetten Schatten hatten den Kiefernwald erreicht, der oberhalb des Hofes lag, die Bäume waren Jahrhunderte alt. Sie erkannte die gerippten Stämme, die großborkige Rinde, jeder Baum stand wie ein Ritter in schuppigem Panzerhemd. Wind und Wetter glitten an ihnen ab, die Jahre hatten sie nicht verwundet, immer schon stand das Tal unter ihrem Schutz. Manche glichen im Zwielicht riesigen Recken, durch die Wipfel brausten die Stürme der Zeit; tief wurzelten sie im ur-

24

alten Grund. Nur die Kronen standen noch im lichten Abend und grüßten hinunter zum Hof. Das Mädchen erwiderte den Gruß und winkte ihnen zu – da fiel das Gefühl der Fremdheit von ihr ab."

Dorothea zog ihre Hand zurück und ertastete in der Dunkelheit den Engel, der seit Beginn der Erzählung auf ihrem Kopfkissen lag.

„Ist er ein Weihnachtsengel?" fragte sie.

Wieder ging Marie auf die Frage nicht ein, sondern fuhr in der Erzählung fort: „Zum ersten Mal war das Mädchen in den Bergen, bis zu diesem Tag hatte sie nur die Stadt gekannt, die zu Weihnachten besonders düster war. Zwar waren die Geschäfte dann so hell erleuchtet wie sonst nie, doch flammten die elektrischen Girlanden erst in der Dämmerung auf. Meist regnete es an den Weihnachtstagen, oft herrschte Nebel oder es fiel nasser Schnee. Sie konnte sich nicht erinnern, dass er jemals zu dieser Zeit liegen geblieben war.

An einem dieser trüben Tage hatte der Vater gesagt: „In diesem Jahr fahren wir zu Weihnachten in die Berge und bleiben bis über Silvester dort!" Die Mutter hatte gelacht und den Vater umarmt: „Dann fahren wir Ski!", und der Vater hatte genickt: „In den Bergen braucht man den Schnee nicht zu suchen, da sucht man eher die Leute im Schnee!"

Aber der Vater irrte, auch in den Bergen lag nur jenseits der Baumgrenze Schnee, der Talkessel glich einem Staubecken, aus dem das Wasser abgelaufen war. Die Gehöfte an den Hängen glänzten im nassen Grau, angespült wie Strandgut lagen sie da, es herrschte Ebbe im Tal.

Sie wohnten in der Pension Waldheim, die oberhalb von Egesdorf lag. In scharfen Windungen zog sich der Weg ins Tal hinab und verschwand zwischen den Häusern, die gedrängt die Kirche umstanden. „Ihr könnt gar nicht Skilaufen!", sagte das Mädchen erleichtert, sie wusste, dass sie sonst an dem fremden Ort für Stunden allein auf sich gestellt war. So aber könnten sie gemeinsam ins Dorf hinuntergehen und sich die Geschäfte und den Weihnachtsmarkt ansehen.

Der Vater prüfte die Ski und ließ die Bindungen schnappen. „Seit die Bahn fertig ist, läuft hier das ganze Jahr über die Saison." Er wies mit der Hand auf die Granitkuppe, die höher als alle anderen Berge war: „Das ist der Große Kelchen, dahinter liegt das Hohe Joch. Vor ein paar Jahren wurde dort eine Bergbahn gebaut, die Station liegt unten am Rande des Dorfes. Durch sie kann man direkt bis ins Joch hinauffahren, hinter dem Kelchen liegt ewiger Schnee. Selbst im Sommer lässt sich da oben Wintersport treiben, dort herrscht der Schneekönig das ganze Jahr. Außerdem wechselt das Wetter in den Bergen schnell, vielleicht liegt auch hier unten zu Weihnachten Schnee?"

Aber am anderen Tag war der Himmel steingrau, an den Bergkuppen franste er in nassen Nebel aus. Über dem Tal schien er sogar durchzuhängen wie das Dach von einem Haus, das jeden Tag einzustürzen droht.

„Du könntest mit uns zur Bahnstation gehen und dir im Dorf die Holzhäuser anschauen", der Vater zog mit hartem Riss den Overall zu, „es soll sehr hübsch dort unten sein. Wenn dir kalt ist, gehst du ins Café, trinkst eine Schokolade und wartest auf uns. Es wird nicht lang dauern und ist auch schon spät, heute wird nur das Terrain sondiert.“

Während er sich zum Gehen wandte, fügte er noch hinzu: „Aber deinen Engel lass hier, am Ende verlierst du ihn nur, und dann ist der Jammer groß.“

„Meinte er meinen Engel?“ fragte Dorothea.

Marie nickte: „Und das Mädchen hieß Marion. Woher der Engel kam, wusste es nicht, nur dass er schon immer da gewesen war, daran erinnerte sich Marion. Wenn er bei ihr war, fühlte sie sich sicher, dann beschützte er sie, selbst wenn die Eltern sie allein gelassen hatten. Sie nahm ihn auch jetzt mit und steckte ihn ein, während sie nach Mütze und Handschuhen griff.

Sie spürte, wie sie trotz des Engels Angst vor den einsamen Stunden beschlich, das kannte sie von Zuhause, wenn der Vater im Büro war und die Mutter im Geschäft. Sie hatte dann das Gefühl, als irrte sie durch ein verlassenes Haus. Sie hörte die Schritte durch die Gänge hallen, das klappernde Echo lief hinter ihr her. Von der bröckelnden Decke tropfte es schwarz, überall standen Wasserlachen mit blindem Glanz. Ein Fenster fiel zu – splitterte Glas herein? Es waren Wassertropfen, die ihr entgegenschlugen, sie zerplatzten an der Stirn mit schmatzendem Laut. Hallo? Ist da jemand? ... Jemand? ... Jemand? ... antwortete das Echo. Scharfe Luft stieß ihr ins Gesicht, vorgebeugt kämpfte sie gegen die Strömung an, als müsse sie durch einen scharfen Windkanal. Unter ihr lief ein schwarzes Transportband durch, sie musste rennen und geriet außer Atem, obwohl sie

nur auf der Stelle trat. Wer hatte die furchtbare Wind-
schleuse geöffnet? Hallo! Ist da jemand? ... Jemand?
Vater, bist du das, Mutter, bist du's? Schließ die Tür,
Mutter, es zieht, zieht mich fort, immer weiter zieht es
mich von euch fort!"

„Ist dir nicht gut, Marion? Träumst du am helllichten
Tag?" Die Mutter stand im Anorak vor ihr und lachte sie
an: „Komm, mach dich fertig, der Vater wartet schon."
Sie mussten langsam gehen, der Weg war steinig, Regen und Eis hatten tiefe Rinnen ausgewaschen, an vielen Stellen glänzte der nackte Fels. Auch war er schmal
und lief gewunden an den Berghängen entlang, in Böen
trieb der Wind Regenschauer die Wände hinauf. Bald
erreichten sie einen hohen Kiefernwald mit uralten
Bäumen, der Schutz vor Wind und Wetter bot; Marion hörte das Rauschen der Kronen wie fernen Wasserfall. Die Stämme waren so hoch, dass die Wipfel in den
Himmel ragten, sie verloren sich im wabernden Grau.
Auch hatte sie noch nie Bäume mit so starker Rinde
gesehen, tiefe Risse durchzogen die schartige Borke,
Jahrhunderte hatten das Profil ausgestanzt. Manche
Stämme waren vor langer Zeit umgebrochen und ruh-
ten wie geschuppte Riesenechsen im Moos. Wie lange
schliefen sie schon, vielleicht tausend Jahre? Wenn sie
erwachten, sich erhoben und ins Tal hinab stiegen, war
es dann nicht um das Dorf, um Menschen und Tiere
geschehen?
Marion schaute sich um, hinter ihr krümmte sich
der Weg, er glich einem Drachen, der sich räkelt und
im Zwielicht den Rachen aufsperrt. Züngelten da nicht

Flammen? Sie stockte, blieb stehen, ihr Herz schlug wild, starr sah sie den schlummernden Drachen an. Aber er bewegte sich nicht, auch Marion bewegte sich nicht, herabhängende Zweige verdeckten ihr die Sicht. Sie war einige Schritte zurückgewichen, nasse Fichtenzweige schlugen ihr ins Gesicht; die Backen brannten, als wären sie mit Nadeln gespickt. Über ihr verwoben sich die Zweige unendlich oft gekreuzt zu einem gewaltigen Netz. Sie starrte hinauf in die schwindelnde Höhe, brach es herab, war es um sie geschehen.

Sie blickte sich um, die Eltern waren weit voraus und durch die Wegbiegung wie verschluckt – verschluckt? Ja, auch da lauerte der Drache, der alles schluckte und verschlang! Nur weiter, schnell weiter, so lange das Ungeheuer ruhig blieb. Marion blickte nach oben – hielt das Fallnetz über ihr noch? Ein Schwarm Krähen stieß in die Bäume, ein Flügelschlagen entstand, als klatschte der Wind schwarze Tücher gegen das Geäst. Zugleich erhob sich ein Kreischen, als scharrte Metall über Glas, dann der Ruf: „Marion!", den der Wind wie verloren herüber trug. Das war der Vater, die Eltern waren umgekehrt. Sie sah sie in der Wegkrümmung stehen und die Arme wie Flügel bewegen: „Beeil dich und bleib nicht immer zurück!"

Sie drehten sich um und gingen weiter, einfach weiter! Mutter! Vater! Warum wartet ihr nicht? Sie begann zu laufen, der Atem keuchte – bewegte sich der Drache? Nein, er schlief. Sie rannte, bis sie nicht mehr konnte, weil das Herz die Brust zu sprengen drohte, heftig atmend sah sie sich um. Der Himmel riss auf, gab blaue Flecken frei, es waren kleine Flecken, Flickzeug in Grau, ein Flicken- und Fleckenhimmel, zerrissen und zerlumpt.

„Es klart auf", sagte der Vater und wischte sich über die glänzende Stirn. „Es wird auch kälter", fügte die Mutter hinzu, „ein Wetterumschwung kündigt sich an. Vielleicht hört der Regen auf, und wir bekommen auf dem Kelchen noch Sonne ab?"

Marion sah sie an und drängte sich zwischen sie, den Vater links, die Mutter rechts, beide nahmen sie an die Hand.

„Das ist sicherer", nickte die Mutter, „da bleibst du nicht zurück und kannst nicht verloren gehen."

Auf der Bahnstation herrschte reger Betrieb, Leute, die vom Hohen Joch kamen, erzählten, dass der Schnee oben verharscht und nicht zum Skilaufen geeignet sei. Am Morgen habe zuerst die Sonne geschienen, dann sei vom Kelchen Nebel gekommen und die Temperatur gestiegen, nasses Schneetreiben habe eingesetzt. Bestimmt bereite sich ein Wettersturz vor, das sei ja hier nicht das erste Mal.

„Da wird es mit dem Laufen heute wohl nichts werden", meinte die Mutter und legte Marion den Arm um die Schulter. „Wir fahren nur hinauf und sehen selber, wie es steht; bestimmt sind wir in einer Stunde zurück."

Der Vater schlug die Arme um die Schulter, auf der Station war es zugig, der Wind eiskalt, als würde er vom Gletscher direkt ins Tal gedrückt. „Holst du uns ab?" fragte er. Marion nickte und wandte sich um. „Besser ist, du wartest im Café, sonst erkältest du dich und liegst Weihnachten im Bett."

Sie waren in den Zug gestiegen, die Mutter winkte, die Türen schlossen, blind schimmerten die Scheiben wie aus verspiegeltem Glas. Marion blickte ihm nach, langsam fraß er sich in den Berg, verschwand, tauchte wieder auf, bog um den Kelchen und entzog sich dem Blick. Die Station lag verlassen, der Zugwind war scharf, sie rieb sich die Augen, bis sie tränten und sie alles verschwommen sah.

Von der Kirche schlug es drei, sie wandte sich zum Dorf und schlenderte die Hauptstraße hinunter. Hier konnte sich niemand verlaufen, die Kirche bildete den Ortsmittelpunkt. Alle Wege, die vom Tal herauf- oder von den Bergen hinunterführten, mündeten in den Kirchhof, wo ganz in der Nähe auch die Geschäfte lagen. Sie waren noch geöffnet, Touristen standen davor, manch einer suchte letzte Weihnachtsgeschenke aus. Auch die Schule lag an der Hauptstraße, der Hof war leer, Marion konnte an den Fenstern Transparente sehen, die die Kinder in der Adventszeit gebastelt hatten: Weihnachtsbäume, große Kerzen, die Heiligen drei Könige, sowie Maria und Joseph mit dem Kind in der Krippe. Schließlich einen großen Engel, mit nach hinten gebogenen Kopf, so als blickte er über alles mit Gleichmut hinweg.

Sie ging bis zur Kirche, schwacher Lichtschein erhellte die Fenster und Gesang drang durch die halb geöffnete Tür. Auf dem Vorplatz standen Menschen in kleinen Gruppen, andere gingen über den Friedhof spazieren, gedämpftes Lachen lief zwischen den Gräbern um. Marion wandte sich ab und blieb vor dem Buchgeschäft stehen, das schräg gegenüber der Kirche lag. Unschlüssig drehte sie den Ständer mit den Weihnachtskarten um und betrachtete die Bücher und Kalender, die im Fenster auslagen.

Die Dämmerung hatte eingesetzt, trübes Licht flammte im Laden auf, an der Kasse hantierte eine Frau mit hochgestecktem Haar. Unweit von ihr saß auf der Schattengrenze ein Mann, er trug einen schwarzen Mantel und einen großen schwarzen Hut, unter dem das Gesicht nicht zu erkennen war. Er machte sich an einem der Bücherstapel zu schaffen, sah plötzlich auf und winkte ihr zu, so dass sie dem Wink folgte und den Laden betrat. Es roch nach Staub und altem Papier, etwas Süßliches lag in der abgestandenen Luft, als lagerten Äpfel in den Regalen statt Bücherreihen. Marion kam alles bekannt vor, ja sogar vertraut, zugleich hatte sie das Gefühl, als beträte sie einen unwirklichen Raum.

„Kannst du lesen?" fragte der Mann mit dem schwarzen Hut und deutete auf die Bücher. Sie hatten alle denselben Umschlag, auf dem nur ein Engel zu sehen war.

„E-n-g-e-l-s-s-p-u-r" buchstabierte der Mann, er zeigte auf den Titel und reichte ihr ein Exemplar über den Tisch. „Ich bin der Autor, gewissermaßen, jedenfalls habe ich die Bücher signiert."

„Aber das Buch ist ja leer!" rief Marion verwirrt, während sie die Seiten über den Daumen laufen ließ. Keine Seite war bedruckt, nirgendwo stand ein einziges Wort.

Der Mann erhob sich, er war hager und groß, Gesicht und Hut verloren sich in der Dunkelheit. Er lachte leise: „Du hast recht, man sieht keinen Text. Zwar steht die Geschichte schon geschrieben, doch dauert es, bis sie sichtbar, das heißt lesbar wird. Erst dann kann sie mit der Zeit auch verständlich werden, schließlich ist sie ja das Wichtigste, meinst du nicht auch?"

„Wer?" fragte Marion, „ich meine, was soll das Wichtigste sein?"

„Die Zeit natürlich. Oder weißt du, was die Zeit ist? Man sieht sie nicht, man hört sie nicht, so wenig man sie riechen, schmecken oder anfassen kann. Und doch ist sie überall, alles ist ohne sie nichts. Verstehst du? Nein, wie solltest du auch, wenn du nicht einmal die eigene Geschichte kennst. Deshalb lautete meine Frage: Kannst du schon lesen?"

Marion nickte benommen und wandte sich zur Tür – da sah sie draußen vor dem Schaufenster ein Mädchen stehen, das ihr wie ein Ei dem anderen glich. Mit großen Augen schaute es in den Laden, ohne sich zu bewegen, wie ein lebensgroßes Ebenbild. Es schien noch dunkler geworden zu sein – war die Lampe erloschen? Kaum konnte sie den Mann im schwarzen Mantel von der Dunkelheit unterscheiden, seine Gestalt schien zu verschwimmen, sie verlor ihre Kontur. Da ging die Tür auf, kühle Luft streifte Marions Stirn, das Mädchen vor dem Schaufenster war wie vom Erdboden verschluckt.

„Eine Sehstörung", hörte sie den Dunklen sagen, „aber sie wird nur vorübergehend sein. Hast du den Anfang, wird auch das Übrige lesbar werden, es schreibt sich aus dem Unsichtbaren ins Sichtbare fort. Bist du in der Geschichte erst einmal drin, gehen dir die Augen auf und es stellt sich die Frage: Wie kommst du wieder aus ihr heraus?"

Die Tür schlug im Wind, das Licht erlosch, Marion stand auf dem Gehsteig und sah die Straße entlang. Sie fror – war es kälter geworden? Jedenfalls dunkler, die Fenster der Kirche leuchteten wie ein Transparent, sie überquerte die Straße und ging auf sie zu. Dabei tastete sie nach dem Engel, zog ihn hervor und betrachtete ihn. Sie überlegte, wie er aussähe, wenn er drei Gesichter hätte, schüttelte den Kopf und presste ihn an die Brust. Obwohl sein Gesicht unter einem Schleier ruhte, hatte es sich ihr tief eingeprägt. Selbst dann, wenn sie den Engel nicht bei sich trug, war ihr, als begleitete er sie überall mit hin. Die Eltern mochten sagen, was sie wollten, sie fühlte Sicherheit, wenn er bei ihr war und sie schützend unter seine Flügel nahm.

„Dein wirklicher Schutzengel ist unsichtbar", hatte die Mutter gemeint. „Dieser hier ist nur das sichtbare Symbol."

Aber daran glaubte sie nicht. Bist du ein Symbol? hatte sie ihn gefragt, doch der Engel war stumm geblieben, er sang vor sich hin. Auch das hatte sie beruhigt, Symbole singen nicht. Mein Engel aber singt, ich höre seinen Gesang.

Auch jetzt hörte sie Gesang, deutlich drang er von der Kirche herüber, unschlüssig stand sie vor dem halb offenen Portal. Sie hatte den Engel unter den Arm geklemmt und überlegte, ob sie eintreten sollte oder nicht. Die Kirche war klein, mattes Licht erhellte die Dämmerung, unruhige Schatten liefen unter der Empore um. Als sie näher trat, sah sie, dass ein großes Kruzifix über dem Altar hing, es musste an einem Draht befestigt sein, der nicht zu erkennen war. Oder schwebte es frei im undurchsichtigen Raum?

Einen Augenblick zögerte sie, dann trat sie ein. In diesem Augenblick war ihr, als passierte sie eine Grenze, von der sie bisher nichts gewusst und geahnt hatte. Sie dachte an den Mann im schwarzen Mantel mit dem breitkrempigen Hut, an die Bücher mit den leeren Seiten, doch blickte sie sich nicht um. So nahm sie nicht wahr, dass ihr der Dunkle gefolgt war, ohne dass er die Kirche betrat. „Wie ich schon sagte", murmelte er und zog den Hut in die Stirn: „Am Anfang war das Wort, doch muss es lesbar, verständlich sein. Wie anders wäre es sonst offenbar?"

Unschlüssig blieb Marion am Ende des Gangs stehen, wandte sich nach links zur Taufsteinseite und setzte sich in der dritten Reihe auf die Bank. Vor dem Altar wurde ein Krippenspiel geprobt, breit hatten sich die Hirten auf die Stufen gelagert. Sie waren mit Felljacken bekleidet und trugen Filzhüte auf dem Kopf. Auf der Kanzelseite, dort, wo der Weihnachtsbaum stand, hatten sich Maria und Joseph vor die Krippe gekniet. Einmal Maria sein – wie oft hatte sie sich das gewünscht! Auch sah sie den Engel, der in der Heiligen Nacht erschien: *Gebenedeit bist du unter den Weibern ...*, sie kannte die Worte auswendig, denn sie hatten das Krippenspiel in der Schule aufgeführt. Sie durfte aber nur im Chor mitsingen, für das Spiel selbst sei sie zu jung, hatte der Lehrer gesagt. Hinzu kam, dass das Ganze in der Aula stattfand, da wirkte es wie ein Theaterstück.

Das war hier anders. Schon das Licht- und Schattenspiel, das die Kirche belebte, tauchte das Geschehen in einen ungewissen Raum, der nicht zu greifen, nicht zu begreifen war. Marion setzte sich zurecht, den Engel im Arm, die Blockflöten spielten die Hirtenmusik. Der Kantor dirigierte von der Orgel aus den Chor, sein Schatten glitt wie die Schwingen eines großen Vogels über die Kirchenwand. Nun erhoben sich die Hirten, ordneten sich zum Kreis und tanzten um die Krippe mit schleppendem Schritt.

„Das Ganze zurück und noch einmal von vorn!" rief da dröhnend eine Stimme, die Bewegung stockte, Verwirrung entstand. Der Pfarrer trat aus dem Schatten der Kanzel und winkte zum Kantor hinauf; die Szene wurde wiederholt.

Marion folgte dem Spiel mit aufgerissenen Augen, um sie herum versank die Welt. Sie bemerkte nicht, dass andere Kinder die Kirche betraten, sich vor ihr in die erste Reihe setzten und halblaut miteinander sprachen. Sie nahm nur den Engel wahr, der in weißer Kleidung hinter dem Taufstein stand. Ein Scheinwerfer flammte auf, das Haar des Engels leuchtete in gleißendem Gold.

Hört!, rief er mit heller Stimme: *Hört, euch ist heute der Heiland geboren,* ...

„Nein", rief der Pfarrer: „Aus!"

Die Stelle wurde wiederholt, das Licht veränderte sich und erfasste nun auch Maria und Joseph am Weihnachtsbaum.

... Welcher ist Christus, der Herr, in der Stadt Davids ...

Der Engel war schön, er schien in einer Lichtwolke zu schweben.

„Noch einmal, aber langsamer bitte!"

... Siehe, ich verkündige euch große Freude, ...
„Jawohl, gut so! ..."
... Die allen Völkern widerfahren wird ...

Der Scheinwerfer erlosch, der Engel verschwand, es war, als würde er durch ein schwarzes Tuch verhüllt. Nun leuchteten die Lampen im Altarraum auf, Marion erschrak – schwarz starrte die Nacht durch die Fenster herein. Sie sprang auf, rannte hinaus und blieb atemlos stehen, böiger Wind strich über den Kirchhof hin. Eine Lampe, die am Draht über der Straße pendelte, spendete unsicheres Licht. Die Grabsteine glänzten in der Dunkelheit wie glasiert, prickelnde Nässe traf ihr Gesicht. Sie lief auf die Straße, die Tür schlug zu, schwer fiel der Stundenschlag vom Kirchturm herab. Die Glocke schwang aus, die Luft vibrierte, sie lauschte auf weitere Schläge, doch alles blieb still. Da blickte sie auf, es war kurz nach halb fünf, wieder erschrak sie und begann zu laufen, ihr Schritt hallte auf dem Asphalt, als liefe sie über Metall. Sie versuchte, auf Zehenspitzen zu gehen, ihr war, als weckte sie das Dorf aus tiefem Schlaf. Vielleicht war der Heilige Abend schon vorüber und es war morgens halb fünf, der erste Weihnachtstag?

Sie blieb stehen, die Dorfstraße war leer, sie glaubte, einen Schattenmantel zu sehen, doch niemanden, den sie nach der Tageszeit fragen konnte. So nahm sie den ersten Weg, der von der Hauptstraße abbog und nach rechts den Hang hinaufführte. Sie eilte, als wäre ein Fremder hinter ihr her und blieb erst stehen, als sie Funken vor den Augen sah; schwer atmend blickte sie zurück. Der Ort lag unter ihr, die Lampen brannten in den Stuben, im Wind tanzten die Lichter des Weihnachtsbaums, der an der Kirchhofmauer stand. An der nächsten Wegbiegung würde das Dorf verschwunden, die Lichtinsel versunken sein in der uferlos anflutenden Nacht. Marion fror, zog die Schultern hoch und schüttelte die Nässe ab.

Von den Bergen fiel Wind ins Tal, unruhig sprang er hin und her und griff von vorn, von der Seite, von hinten an. Sie hatte das Gefühl, als irrte sie zwischen schwarzen Tüchern umher, die ihr der Wind um die Ohren schlug. Aber da riss die Wolkendecke überraschend auf und Mondlicht tanzte auf dem fahlen Hang. Der schwarze Spiegel der Nacht war zerbrochen, überall lagen Lichtsplitter auf dem Weg verstreut. Neben ihr tauchte eine Schattenwand auf – war das nicht der Kiefernwald, den sie am Mittag durchquert hatte, dort, wo sich die Riesenechsen ins Moos gegraben hatten und hart am Rande den Weg bewachten? Die Bäume wirkten noch größer als bei Tage, in den Kronen nisteten die Wolken, Sterne hingen in ihrem Geäst.

Sie lief weiter mit leichtfüßigem Schritt, immer darauf bedacht, nicht das Lichtnetz zu zerreißen, das vom Mond wie eine Schleppe über das Unterholz gespannt worden war. Bald aber hielt sie an – hatte sie sich verirrt? Sie musste den Wald längst hinter sich haben, geriet aber immer tiefer in ihn hinein. Erschöpft lehnte sie sich an einen der gewaltigen Stämme, die sie wie Säulen eines Domes umstanden; schwer lastete auf ihnen das Gewölbe der Nacht. Die Rinde war verwittert, scharfe Furchen hatten sich eingekerbt, ein tief von der Zeit zerklüftetes Profil. Ihr Herz klopfte in den Schläfen, wie ein Wasserfall rauschte im Kopf das Blut, die Sterne waren von den Bäumen gefallen und tanzten wie Irrlichter auf dem Weg.

Sie holte tief Luft, der Atem wurde ruhiger, die Irrlichter erloschen in der Dunkelheit. Solange der Engel da ist, sagte sie sich, kann ich mich nicht verirren, solange er bei mir ist – sie tastete nach der Manteltasche – solange der Engel ... der Engel? – sie fühlte nach der anderen Tasche – war fort – – solange der Engel da gewesen war, konnte sie sich nicht verlaufen ..., ja da gewesen, der Engel war fort! Er hatte sie verlassen, allein gelassen, sie hatte ihn verloren, irgendwo hatten sie einander verloren!

Setzte nicht das Herz aus, stürzte nicht der Himmel ein? Nein, das Herz hämmerte weiter, und den Himmel hielten die Bäume, noch immer stützten sie ihn wie ein Kreuzgewölbe ab. Stille, lastende Stille und Flimmerungen, flimmernde Bilder, die zurückliefen bis zur Kirche und dem Krippenspiel – : Dunkelheit, nur der Taufstein leuchtet, als sei er in Silber gefasst. Langsam geht sie den Mittelgang hinunter und setzt sich auf der Taufsteinseite in der dritten Reihe auf die Bank. Jetzt flammt der Scheinwerfer auf und der Engel muss erscheinen, im weißen Gewand, mit goldblondem Haar ...

Siehe, ich verkündige euch große Freude, die allen Völkern widerfahren wird ...

Allen Völkern? Aber nicht ihr! Ihre Freude hat sich in Angst verwandelt – Engel, wo bist du? Habe ich dich in der Kirche gelassen, hast du mich allein aus der Kirche gehen lassen?

... Denn heute ist Christus der Heiland geboren ...

Heute? Nein morgen, jedenfalls in der Heiligen Nacht. Heute habe ich dich verloren, Engel, dich fallengelassen und mich verirrt, allein und verlassen bin ich in die Irre gegangen. Wo hast du mich verlassen, in der Kirche oder auf dem späteren Weg? Sie wandte sich um und lief ihn zurück, den Weg, ihren einsamen, nachtdunklen Weg. Solange der Mond scheint, Engel, kann ich dich finden, wenn du auf meinem Weg ..., wenn du zu mir auf dem Wege bist.

Aber sie fand ihn nicht. Sie lief den Berg hinunter bis an den Rand des Waldes – das Dorf war verschwunden, der Weg ging nicht bergab, sondern bergan. Er glich einem Flussbett im strömenden Licht, der Grund, der sie trug, glänzte wie mit Perlmutt ausgelegt. Als sich zur Rechten ein schmaler Pfad auftat, bog sie in ihn ein in der Hoffnung, so zur Pension Waldheim zu gelangen. Links und rechts des Weges stand dünnes Holz, windschiefer junger Fichtenbestand. Manchmal tauchten auch Krüppelkiefern auf inmitten von hohem, falben Gras.

Hin und wieder blieb sie stehen, blickte sich um und setzte dann zögernd den Weg fort. Es war nicht nur der Engel, der verloren gegangen war, auch sie selbst fühlte sich verloren; mit jedem Schritt verlor sie sich tiefer in der Welt – oder aus ihr heraus? Das wusste sie nicht. Vielleicht war der Engel in der Kirche geblieben, dort war er in guter Hut. Wo aber war die Kirche? Im Dorf. Und das Dorf?

Wind war aufgekommen und trieb dichte Wolken über den Himmel, wie Schwämme sogen sie das diffuse Mondlicht auf. Nebel trat aus dem Unterholz, der Mond verblasste zu einer matten Scheibe, seine Konturen verschwammen wie hinter Seidenpapier. Es dauerte nicht lange, da war alles um sie verhangen, Dunstschleier stiegen aus den Tälern auf, als würden sie die Hänge hinauf gedrückt.

Erneut blieb sie stehen, die Steigung brach ab, der Weg verbreiterte sich und lief auf ebener Höhe hin. Ob ich auf dem Hohen Joch bin zwischen Kleinem und Großen Kelchen? Tief atmete sie durch – sollte sie umkehren? Vom Joch aus musste das Tal zu sehen sein, die Umrisse der Berge, die Lichter im Dorf. Oder waren sie erloschen, ging es auf Mitternacht zu? Der Nebel war inzwischen so dicht geworden, dass er sie wie eine weiße Wand umstand. Wenn sie nach Hilfe schrie, würde der Schrei ersticken, kein Laut dränge durch, nicht hinaus, nicht hinein. Sie erschrak: Hatte sich die Welt vor ihr verschlossen, würde sie die Eltern nie wieder sehen?

Sie hörte es tropfen im Unterholz – war aus dem Nebel Regen geworden? Auch ihr Gesicht war nass, sie wischte sich über die Stirn und stellte sich vor, wie Haare, Brauen, Lippen und Backen vor Nässe glänzten, als wären sie lackiert. Sie fühlte sich wie auf einer Insel, von der anflutenden Nacht umspült, selbst den Himmel hatte die Dunkelheit verschluckt. Sie war allein auf der weiten Welt, vater- und mutterseelenallein. Würde sie noch tiefer in die Nacht geraten, müsste sie elend zugrunde gehen.

Sie betrachtete die Fichten, die zur Linken in Reih und Glied standen und nur wenig größer waren als sie. Viele von ihnen trugen weiße Schleifen aus hartem Papier, von weitem glichen sie Irrlichtern auf dunklem Grund. Fuhr der Wind durch die Schonung, tanzten weiße Flämmchen in der Luft. Oder waren es Sterne, waren Sternschnuppen vom Himmel gefallen, hatte es Sterne in der Heiligen Nacht geschneit? Sie ging die Baumreihen durch, zog verrutschte Schleifen zurecht oder band andere, die sich gelöst hatten, wieder neu fest. Sie freute sich über den Baumschmuck, die weißen Girlanden, der junge Wald war mit Blüten geschmückt.

Die Müdigkeit war vergessen, ihre Füße schmerzten nicht mehr, der Anblick der geschmückten Bäume hatte sie froh gemacht. Hüpfend sang sie *Fröhlich soll mein Herze springen* ..., wusste nicht weiter, ... *dieser Zeit*, in dieser Zeit, *da vor Freud alle Engel singen* ... Alle? Ihr Engel nicht ... *Hört, hört, wie mit vollen Chören* ... ihr Engel sang nicht, ... *alle Luft laute ruft:* ... Engel, wo bist du? ... *Christus ist geboren!*

Sie hustete, sie verstummte, Wasserfäden zogen sich über ihr Gesicht, in ihr stieg das Gefühl von Nässe und Kälte hoch. Ich muss eine Hütte, eine Höhle finden, dachte sie, einen Hochsitz, einen Unterschlupf. Sie sah um sich, die Fichten mit den Schleifen waren kaum noch zu erkennen, aus der Ferne sah die Schonung wie mit Silberfäden durchwirkt aus.

Vor ihr tat sich eine Lichtung auf, eine gerodete Fläche mit trockenem Grasbestand; nur ein vereinzelter Baum hob sich vom Himmel in dunkler Wölbung ab. Oder war es eine Hütte, eine Laube, wie ein Iglu so rund? Langsam ging sie auf ihn zu, der Wind trieb trockenes Altlaub über den Grund. Nein, eine Hütte war es nicht, sondern eine in sich gekrümmte Fichte, deren Geäst tief auf den Boden hing. Sie schob die Zweige auseinander und trat wie durch einen Vorhang in das Fichtenzelt ein. Sie hörte, wie draußen ein Tropfenschauer niederging, unter den Zweigen war es trocken und windgeschützt. Aufatmend lehnte sie sich an den Stamm, die Stirn an die Rinde gedrückt. Der Baum schien warm zu sein, wie von innen durchglüht, sie fühlte, wie sich ein Stromkreis schloss. Als sich die Augen ans Dunkel gewöhnt hatten, sah sie, dass Sägemehl, Heu und Stroh den Boden bedeckten. Wenn harter Winter war, diente das Fichtenzelt als Futterplatz.

Sie setzte sich, blickte am Stamm empor und betrachtete die Kuppel, die die Zweige bildeten. Glich die Form nicht einer Glocke? Sie schob sich Stroh unter, raffte das umliegende Heu zusammen und fühlte sich geborgen wie unter einem Glockensturz. Nun kehrte Ruhe in sie ein, die Anspannung wich, schwere Müdigkeit hüllte sie wie ein Mantel ein. Wie spät mochte es sein, wie lange war sie schon unterwegs? Ihr kamen die Eltern in den Sinn, aber sie beunruhigte sich nicht; der Glockenbaum gewährte ihr sicheren Schutz.

Ein Gefühl der Schwerelosigkeit überkam sie wie zwischen Wachen und Schlaf. Sie dachte nicht an gestern, nicht an morgen, es gab nur das Hier und Jetzt, den Augenblick. Sie hörte den Wind über die Lichtung gehen und spürte ein feines Beben im Stamm, ein Zittern und Ziehen, das aus der Erde drang und sich auf sie übertrug. Der Baum atmet, dachte sie, er träumt – habe ich ihn im Winterschlaf gestört? Vielleicht träume auch ich, und wir haben denselben Traum? Sie lächelte, vielleicht träumen wir wirklich denselben Traum, du von der Nacht-, ich von der Tagseite der Welt? Wir träumen, dass der Wind über die Lichtung fährt und alles zum Klingen bringt, du die Glocke und ich der Ton. War es nicht heller geworden, drang nicht der Morgen schon zwischen den Zweigen durch? Sie wollte aufstehen und auf die Lichtung treten, blieb aber sitzen, wie eingewachsen an den Stamm gelehnt. Sie lächelte bei dem Gedanken, dass sie mit dem Baum verwachsen sei – bildeten sie ein gemeinsames Wurzelwerk?

Der Boden war weich, der Duft von Harz und Fichtennadeln mischte sich in die feuchte Luft, eine zarte Duftglocke wölbte sich über ihr. Wind fuhr durch die Zweige, der Stamm bewegte sich, er tanzte: *O Erd schlag aus, schlag aus, o Erd ...* Ihr fielen die Worte wie Blüten zu, die der Wind im Mai über die Obstwiesen trieb. Auch die Melodie fiel ihr ein: *O Heiland, reiß die Himmel auf ...*

Sie hatte sich erhoben und war ins Freie getreten: *Herab, herab, vom Himmel lauf ...* Stille – Windstille. Die Nebelwand zeigte Risse, Einbrüche, durch die die Nacht auf die Lichtung drang; die Wolken gaben den Blick auf die Sterne frei ... *Reiß ab vom Himmel Tor und Tür, reiß ab, wo Schloss und Riegel für.* Sie lauschte ihrer Stimme, die Melodie klang in ihr nach, sie atmete tief durch, die Nachtluft tat gut: *O Erd, herfür dies Blümlein bring ...* Eine Glocke war ihre Stimme, sie klang mit allem zusammen, auch mit sich selbst war sie im Einklang – *O Heiland, aus der Erden spring ...*

Stille. Sollte sie weiter singen in der Heiligen Nacht? Sie dachte an die Lieder, die sie vom Kindergottesdienst kannte: *Stille Nacht, heilige Nacht, Vom Himmel hoch, da komm ich her*, sie dachte an den Engel und das Krippenspiel:

... Ich bring euch gute neue Mär ...

Was bedeutete Mär? Ihr fiel der Engel aus dem Krippenspiel ein – vom Himmel kam er nicht, er war aus der Sakristei getreten ... *Und die Klarheit des Herrn umleuchtete ihn* ... Alle Scheinwerfer hatten sich auf ihn gerichtet, hell und klar sang seine Stimme: ... *Davon ich singen und sagen will.*

Engel, wo bist du? Wo haben wir uns verloren? Nicht vom Himmel kommst du, aus dem Dunkel der Nacht trittst du ins Licht ... *dieser Zeit, da vor Freud alle Engel singen* ... Gesucht habe ich dich, Engel, suchst du auch mich? Hier unter dem Glockenbaum bin ich ... *mitten im kalten Winter, wohl zu der halben Nacht ...*

* * * * *

Marie hatte die Tür einen Spalt geöffnet, ein hauchdünner Schein drang ins Zimmer, zartgolden wie Engelshaar. In schwarzen Schichten stand die Nacht im Raum, am Dachfenster hellte sich die Dunkelheit auf, als wäre dort der Ausstieg aus den Stollen der Erinnerung. Wollte sie denn aussteigen? Marie schüttelte den Kopf, nein, noch nicht. Ihr war, als befände sie sich unter Tage, im Bergwerk des Bewusstseins, dort, wo die Traumbilder entstehen: Dichtung und Wahrheit, Dorothea – deine und meine Gestalt.

Sie lauschte in die atemlose Stille, die etwas Leichtes, Schwereloses hatte wie die Bilder der Vergangenheit selbst. Atemlos? Gott sei Dank nicht. Es waren die fremden, zugleich vertrauten Atemzüge, die sie hier im Dunkeln hielten, inmitten der Wirbel der Erinnerung. Sie hätte Stunden an Dorotheas Bett verbringen können, nur um den Atemzügen zu lauschen, diesem so neuen Rhythmus der Nacht. Ob sie während der Erzählung eingeschlafen war? Der Atem ging regelmäßig und leicht, hin und wieder ein Seufzer, ein Stocken, als habe sich ein Knoten im Traum gelöst. Marie lächelte – Erinnerung! Warum erinnern wir uns? Was suchen wir in den Tiefen der Vergangenheit? Sucht die Vergangenheit uns? Verlangt sie nach Rechtfertigung? Was vergangen ist, kann nicht vergehen, es entfernt sich, kehrt wieder, aber es vergeht nicht, es bleibt. Nur die Gegenwart rechtfertigt sich, weil sie Sicherheit sucht. Stets wurde erst im Rückblick deutlich, welchen Kurs das Leben nahm, oft durch Klippen hindurch, über gefährliche Untiefen hinweg. Doch was steuerte die Erinnerung, dieses Frachtgut des Lebens, wer gab dem Lebensschiff seine Richtung vor?

Es kommt ein Schiff geladen, bis an den höchsten Bord ... Leise summte sie das Lied vor sich hin, ohne dass es ihr bewusst war ... *trägt Gottes Sohn voll Gnaden* ... Warum Sohn, warum nicht Tochter? War nicht jedes Kind ein Gotteskind? Trägt Gottes Kind voll Gnaden ... *des Vaters ewig's Wort* ...

Unten fiel die Tür ins Schloss, Johns Schritte klangen von der Diele herauf. Sie freute sich auf die Abende mit ihm, nun waren zwei Menschen an ihrer Seite, die das Leben teilten. Lief nicht alles aufs Teilen, aufs Mitteilen hinaus? Ich teile mit dir die Zeit, mein Herz, sie beugte sich über Dorotheas Gesicht, ich teile mich dir mit, damit du wieder Anteil nehmen kannst. Teilnahme, Teilhabe – du nimmst teil an mir, an uns, ich an dir, Teilhaber am anderen, am Ganz Anderen sind wir.

Die Schwelle knarrte, Licht drang herein, John trat leise zu ihr ans Bett. Sie spürte seine Hand auf der Schulter, wie oft hatte sie die Hand ergriffen und diese Hand sie. Sie nahm sie, hielt sie fest, ergriff das Vertraute und hielt seine warme Selbstverständlichkeit fest. Leicht glitt sie mit den Fingerspitzen über die Handlinien hin, als spürte sie dem Lebensprofil der gemeinsamen Jahre nach.

„Ich habe ihr vom Engel erzählt."

„Schläft sie, ist sie wach?"

„Sie schläft", Marie lehnte sich an ihn. „Ich verstehe noch immer nicht, was geschehen ist. Glaubst du, dass sie hier ihr Zuhause finden wird?"

„Ich hoffe es so sehr wie du. Ist nicht jeder Lebensweg ein Umweg, der am Ende nach Hause führt? Er führt um uns herum, zugleich auf uns zu, am Ende hebt er sich gemeinsam mit uns auf."

Sie traten auf den Flur, Marie wollte wohin fragen, wohin hebt er uns auf, als sie Dorotheas Stimme vernahm: „Hat sie ihn gefunden?"

„Wen?" fragte sie, als hätte sie den Faden verloren im zwielichtigen Labyrinth der Erinnerung.

„Den Engel."

Da löste sie sich von John, trat noch einmal zurück ans Bett und strich über das traumheiße Gesicht. „Davon erzählt dir morgen Onkel John. Doch nun schlaf,

Dorothea, gute Nacht."

Einige Atemzüge verharrte sie noch auf der Schwelle, Licht und Schatten zeichneten ihr Gesicht. „Ja", sagte sie, „sie hat ihn wieder gefunden, der Engel ist zurückgekehrt."

Mit Nachdruck zog sie die Tür hinter sich zu, doch nicht so, als ob sie etwas verschlösse, sondern es verwahrte, ein kostbares Gut, ein Lebensgeschenk.

Weihnachten

Für den Jungen ist ein Traum in Erfüllung gegangen, er darf der Weihnachtsengel sein! Das ist nicht irgendein Engel, sondern der Engel des Herrn, der aller Welt zuruft: *Fürchtet euch nicht, ich verkündige euch große Freude, die allen Völkern widerfahren wird.* Und das bedeutet nicht Spiel, es bedeutet, der Engel zu *sein*. Deshalb steht er erhöht auf einer Leiter, die mit schwarzem Tuch verkleidet ist und aus der Bibliothek des Pastors stammt. Ihm zu Füßen liegen die Hirten, sie umlagern den Taufstein und starren ihn mit vor Schrecken geweiteten Augen an: Jawohl! Fürchtet euch nicht (ein bisschen kann nicht schaden), *denn euch ist heute der Heiland geboren, welcher ist Christus, der Herr!* Ich aber, Johann-Michael, bin sein Bote, ja ich bin Michael, der Engel des Herrn!

Das Letzte sagt er nicht laut, nur in Klammern gewissermaßen, er denkt es sich, denn er hat sich Gedanken über seine Botschaft gemacht. Ist sie Spaß oder Spiel? Keines von beiden, im Gegenteil. Das Krippenspiel zeigt den Ernst der Welt: Der Herr aller Herren liegt zwischen Tieren in einem Stall! Er jedenfalls nimmt seine Botschaft ernst, er, Michael Wildreuter, ist diese Botschaft selbst. Das Wort ward Fleisch, in ihm ward es Fleisch, zumindest für den Heiligen Abend, die Heilige Nacht. Nicht jeder ist auserkoren, die Botschaft zu verkünden, viele sind berufen, doch wenige nur, sehr wenige sind auserwählt. Er gehört zu den wenigen, er trägt des Engels Namen, jawohl, er ist der Erzengel Michael!

Und das habt zum Zeichen: Ihr werdet finden das Kind in Windeln gewickelt und in einer Krippe liegen ...

Warum ist es so unruhig in der Kirche? Wenn er spricht, hat Ruhe zu herrschen. Wäre er Pfarrer, hätte er den Leuten verboten, bei der Probe dabei zu sein. Ist das hier denn Theater, wird eine Komödie aufgeführt? Die Leute kommen und gehen, sie reden ungeniert, als wären sie im Wartesaal eines Bahnhofsrestaurants.

Ruhe bitte! Am liebsten würde er „Ruhe!" rufen: In der Kirche wird nicht geredet, verstanden? Hier hat nur einer das Sagen, nur einer verkündet die Weihnachtsbotschaft! Leuchtet nicht die Klarheit des Herrn um ihn? Gewiss. Überall sonst in der Kirche ist es dunkel, nur auf ihn strahlt von oben her Licht. Er, Michael, ist das Licht in der Finsternis, aber die Finsternis will es nicht begreifen, sie hört einfach nicht zu!

Und alsobald war bei dem Engel die Menge der himmlischen Heerscharen, die lobten Gott und sprachen: ...

Ruhe da! Glaubt ihr nicht, dass mir der Herr, wenn ich ihn bäte, eine Legion Engel schicken würde, auf dass ihr glaubt, was ich sage, auf dass ihr an mich, den Verkünder der Botschaft, glaubt?

Ehre sei Gott in der Höhe und Frieden auf Erden und den Menschen ein Wohlgefallen ...

Er spricht ohne zu stocken, hell, klar und laut. Was gehen ihn die Zuhörer an? Mögen sie reden, mögen sie tuscheln, er bringt die Frohe Botschaft unter das Volk. Ist sie nicht für das Volk? Das glaubt er nicht. Denn die meisten schauen nur zu ohne zu glauben, er aber spricht für die, die nicht sehen und doch glauben, die zuschauen ohne zu reden wie dieses Mädchen da in der dritten Reihe, dort auf der Seite des Taufsteins, vorne rechts. Das ist seine Seite, wenigstens sie hat er auf seiner Seite. Sie schaut ihn mit großen Augen an und hört genau zu, was er zu verkünden hat. Für sie und die wenigen, die guten Willens sind, erklärt er: Weihnachten ist kein Kinderspiel! Ist Michael nicht jener Engel, der mit dem Flammenschwert das Paradies bewacht? Unbefugten Betreten verboten! An ihm, dem Engel aus Erz, kommt niemand vorbei! Kämpfte Michael nicht mit dem Bösen wie Siegfried, der den Drachen bezwang? Stürzte er nicht sogar Luzifer, den gefallenen Engel, für ewig in die Finsternis?

Und der Engel sprach zu den Hirten: ...

Das ist sein Stichwort, das ihm den Einsatz zuruft, jetzt, bei der Wiederholung im zweiten Durchgang: Michael, hörst du? Von dir wird der höchste Einsatz verlangt!

Siehe, ich verkündige euch große Freude! ...

Aber auch großes Leid denen, die weder hören noch sehen, geschweige denn glauben wollen, dass er der Bote Gottes ist, die da hin- und hergehen, als wären sie nicht in der Kirche, sondern auf einem Weihnachtsmarkt. Seht dagegen das Mädchen auf meiner Seite, dort in der dritten Reihe mit dem dunklen Haar! Sie sitzt still auf ihrem Platz, Handschuhe und Mütze auf den Knien, die Hände gefaltet, die Augen voll Furcht, voller Ehrfurcht auf ihn gerichtet, auf mich, Michael, den Engel des Herrn!

Denn euch ist heute der Heiland geboren, welcher ist Christus, der Herr ...

Verstanden? Es kommt der Herr der Herrlichkeit, doch nur zu denen, die vorbereitet sind! Er, Michael, ist vorbereitet, er hat die Botschaft auswendig gelernt. Und nun verkündet er sie ohne zu stottern und zu stocken, er verkündigt sie wie im Schlaf.

Wer sie wohl ist? Er hat sie noch nie gesehen. Sie muss fremd sein hier und zu den Touristen gehören, die Weihnachten Skilaufen, anstatt in die Kirche zu gehen. Still sitzt sie da, hat irgendetwas im Arm und muss jünger sein als er – dritte Klasse vielleicht, nein zweite wohl. Wer trägt in der dritten Klasse noch eine Puppe mit sich herum?

Und das habt zum Zeichen ...

Ihre Augen sind schwarz – schwarz? Welch ein Unsinn. Es gibt auch kein schwarzes Licht. Sie müssen braun sein, dunkelbraun, wie Kastanien, die eben aus dem Stachelpanzer geplatzt sind.

Und alsobald war bei dem Engel die Menge der himmlischen Heerscharen ...

Warum springt sie auf einmal hoch und läuft davon? Ich bin noch nicht fertig, hörst du?

... Die lobten Gott und sprachen ...

Du sollst warten, bis ich zu Ende bin!

... Die lobten Gott und sprachen: Ehre sei Gott in der Höhe ...

Sie ist größer, als ich dachte ...

... Und Frieden auf Erden ...

Wahrscheinlich doch dritte Klasse – halt! Die Botschaft ist noch nicht zu Ende – halt! ...

„Halt! Schluss!" Der Pastor winkt ab, die Hirten werden umgruppiert, Maria und Joseph treten noch weiter hinter die Krippe zurück.

Aus und vorbei. Die Tür schlägt zu, das Licht flammt auf, sie ist aus der Kirche gerannt, als wäre sie auf der Flucht. Den Menschen ein Wohlgefallen? Ihm gefällt die Geschichte auf einmal nicht mehr, diese Wiederholungen und Neueinsätze, überhaupt die ganze Probiererei. Der Pastor sollte mit der Botschaft zufrieden sein, so wie sie eben ist. Kann nicht eine Pause eingelegt und frische Luft geschnappt werden? In der Kirche ist es stickig, die Scheinwerfer heizen sie auf. Er möchte nach draußen und schauen, wie das Wetter ist. Vielleicht ist sie noch da – sie? Es, das Mädchen, das ihm zugehört hat, das als einzige den Engel verstanden hat.

Außerdem muss er sich die Beine vertreten, die inzwischen steif geworden sind. Maria und Joseph sitzen auf Hockern und die Hirten lagern auf dem Boden. Er aber muss die ganze Zeit stehen, noch dazu auf der Leiter, die jeden Augenblick umfallen kann. Was geschieht, wenn sie kippt, wenn er tatsächlich fällt? Er könnte sich verletzen, die Flügel brechen! Kann man einen gefallenen Engel ersetzen? Nein. Ohne ihn gibt es keine Verkündigung. Die Frohe Botschaft könnte sich niemals offenbaren, sie bliebe Geheimnis, die Welt wäre unerlöst. Anstatt Heil bräche Unheil aus, dem gefallenen Engel gehörte die Macht. Seht her: Er ist gestürzt!, lautete dann die schreckliche Botschaft, und es wäre nichts mit der Geburt des Herren. Auch mit Michael, dem erzenen Engel, wäre es dann vorbei, was begänne, wäre die lichtlose Zeit des Luzifer!

Keine Pause, der Pastor gestikuliert, er gleicht einem Storch, der vergeblich Luft unter die Flügel zu bekommen sucht. „Weiter!" ruft er, „damit wir fertig werden. Wir beginnen jetzt mit dem Schluss!"

O dieser Schluss! Davor hat er Angst, vor diesem Lobgesang, der den Schöpfer und die gesamte Schöpfung preist:

Gelobt seist Du, Herr,
für alle Wesen, die Du geschaffen,
vor allem für unsere Schwester, die Sonne,
die uns den Tag bringt und mit ihren Strahlen erleuchtet ...

Da bleibt man leicht stecken, die Stelle ist schwer – warum rannte sie vor dem Großen Lobgesang fort?

... Gelobt seist Du, Herr,
für unsere Schwester, das Wasser,
wie ist sie so nützlich in ihrer Demut,
wie köstlich und rein ...

Ob sie am Heiligabend in die Christvesper kommt, morgen, wenn es ernst wird? Morgen! Welch eine lange Zeit!

... Gelobt seist Du, Herr,
für Bruder Mond und die Sterne,
durch Dich schimmern sie am Himmel
und leuchten köstlich und schön ...

Und so rein wie Maria! Er könnte sie sich gut als Maria denken, das reine Gesicht, die glänzenden Augen, wenn ihr der Engel erscheint und verkündet, dass sie den Heiland der Welt ...

„Michael, du träumst! "

„Ich fange von vorne an: ..."

Gelobt seist Du, Herr, ...

... Dass sie den Herrn der Welt ...

... *Für unsere Schwester, das Wasser, ...*

... Dass sie den Heiland der Welt zur Welt bringen wird ...

„Schluss, Michael! ... Aus!"

Der Pastor klatscht in die Hände, was nicht von Beifall, sondern von Missfallen zeugt: „Genug jetzt, Michael. Du schaust dir zu Hause den Gesang noch einmal an und vor der Aufführung morgen wird noch ein Durchgang gemacht. Ich hoffe, dass dann endlich alles sitzt!"

Schluss, aus. Auch Michael hat mehr als genug. Er muss die ganze Zeit still und gerade stehen, damit das Flügelpaar nicht verrutscht. Hat er nicht die anstrengendste Rolle des Krippenspiels? Der Engel kommt auf der Himmelsleiter zur Erde, nicht ganz, versteht sich, er bleibt zwischen Himmel und Erde, um über allem schwebend den Menschen die Botschaft zu verkünden, wenn er nicht von der gefährlichen Leiter fällt. Ohne den Engel kein Weihnachten, nur Kühe und Schafe wie zu Hause auf dem Hof. Dazu Maria und Joseph, die Eltern, das Kind – das Kind? Ein ganz normaler, gewöhnlicher Mensch, ja ein alltägliches Kind. Er aber, Michael, kommt von oben, von ganz oben, er kommt von Gott dem Herrn und verkündet allen, was da geschrieben steht. Ohne ihn gibt es kein Weihnachten, ohne ihn ist alles Nichts und tausend mal tausend Male schon geschehen. Erst der Engel verkündet die Geschichte des Heils, die Heilsgeschichte, die einzig heilige, heile Geschichte – Unsinn, das hat der Pastor nicht gesagt, sondern die Geschichte *als* Heil! Das ist es, so hat er die Botschaft des Engels erklärt.

Das Licht geht aus – „bis morgen um drei", draußen regnet es – „aber seid pünktlich!", gewiss, Herr Pastor, auf Wiedersehen. Pastor sollte man sein, denkt der Junge im Hinausgehen, jeden Sonntag besteigt er die Kanzel, und alle Welt muss zuhören, wenn die Botschaft verkündet wird. Dieser Regen! Er steht auf dem Vorplatz und starrt in die Dunkelheit. Wird es in diesem Winter gar nicht mehr Winter? Im vorigen Jahr lag ein Meter Schnee und auf den Pisten war der Teufel los. Jawohl, die Touristen soll der Teufel holen, wenn sie zu Weihnachten Ski fahren, anstatt in die Kirche zu gehen. Bestimmt gehört auch sie zu den Touristen! Ob sie im Skidorf wohnt oder in der Pension? Die werden sich ärgern, Weihnachten fällt ins Wasser, da können sie Wasserski fahren auf der Wetteralm!

Die Kirchturmuhr schlägt, er zählt die Schläge, es ist, als verschluckte der Nebel den hellen Klang. Ja, dichter Nebel umgibt das Dorf, doch der Ehmhof müsste oberhalb des Nebelsees liegen. Ob auf der Wetteralm klarer Himmel war? Er schlägt den Mantelkragen hoch und zieht die Schultern ein, als habe er Angst, den Kopf zu verlieren. Dann setzt er sich in Trab, ein missmutiger Trab, der ihn über den Kirchhof zur Hauptstraße führt. Die Gedanken sind trübe, als dränge der Nebel schon in den Kopf, er denkt nicht daran, dass er fallen, über etwas fallen könnte, das auf seinem Wege liegt. Was soll da schon liegen, ein Stein, ein Stück Holz? Ein Stein ist es nicht, eher wohl Holz, das er mit dem Schuh beiseite gestoßen hat. Beinahe wäre er gefallen, wenn er sich nicht gefangen, wenn ihn nicht etwas aufgefangen hätte. Er bleibt stehen – er? Nicht er, irgendetwas bringt ihn zum Stehen, das fragt: Wenn es nun kein Stein, auch kein Holz ist, sondern Gold oder Silber, das da auf deinem Wege liegt? Aber Steine glänzen nicht so hell, auch Holz hat nicht einen so seidigen Glanz. Sollte er über einen Edelstein gestolpert sein?

Er kehrt um, er bückt sich, das Ding ist zu leicht, viel zu leicht für Silber und Gold, es ist auch kein Edelstein, es ist aus Holz, aus bloßem Holz. Er hebt es auf, dreht es hin und her – staunend hält er einen Engel in der Hand. Der Junge schaut sich um, beobachtet man ihn? Nein, niemand ist zu sehen. Da wischt er mit dem Ärmel dem Engel die Nässe aus dem Gesicht. Er ist nicht groß, nicht viel größer als seine Hand, das Gesicht wirkt wie verschleiert, doch deutlich ist: der Engel singt.

Wieder schaut sich der Junge um, als hätte er ein schlechtes Gewissen, aber er ist allein auf dem Kirchhof, auch die Straße ist leer. Wo kommst du her, Engel? Bist du vom Himmel gefallen? Er presst ihn an sich, sein Herz klopft stark – ich bin Michael, Engel, der Erzengel Michael! Ich verkündige die Frohe Botschaft, die allen Menschen widerfahren wird. Und du, Engel? Heißt du Gabriel? Bist du der Erzengel Gabriel? Schön bist du, Gabriel, du singst, ich singe: *Vom Himmel hoch, da komm ich her,* singe ich, denn auch ich komme vom Himmel, jawohl, da komme ich her!

Die Kirchentür schlägt, er erschrickt und verbirgt den Engel, er drückt ihn an die Brust, dort, wo das Herz ist – Engel, du drückst mir aufs Herz! Spürst du, wie es schlägt? Er tritt auf die Straße, das Licht der Laterne ist dünn, beinahe schon fadenscheinig dünn. Dazu der Nässevorhang, der sich im Wind bewegt – kein Mensch ist zu erkennen, immer wieder sieht sich der Junge um, als habe er etwas Kostbares gestohlen. Bin ich ein Dieb? Ich habe dich gefunden, Gabriel, du gehörst mir, von nun an gehörst du als Finderlohn mir!

Er beginnt zu laufen, hier muss er abbiegen, er biegt auch ab und steigt die Windflöte, die steile Windflöte hinauf. Aber bald bleibt er stehen, der Atem geht rasch, wieder blickt er zurück; das Dorf liegt wie ausgestorben unter ihm. Ein Mann mit schwarzem Umhang und breitem Hut kommt ihm entgegen und geht ohne zu grüßen an ihm vorbei. Wie eine Glocke wölbt sich der Mantel im Wind und die Ärmel flattern gleich einem Segel, das killt. Ein schwarzer Engel, denkt er, ist das ein Bote, so wie ich? Ihn fröstelt, er schüttelt sich – war das der Bote der Nacht, der Engel der Finsternis? Nun ist er verschwunden, ein bloßes Phantom, unten im Dorf leuchtet der Kirchturm auf. Die Strahler sind unter Glas im Boden versenkt, ihr Licht ist von gleißendem Weiß. Der gedrungene Turm hat scharfe Konturen und sieht aus der Ferne wie aus Pappe geschnitten aus.

Vor einer Stunde war auch ich angestrahlt, seufzt er, und die Klarheit des Herrn umleuchtete mich. Erhöht stand ich über all den anderen, denn ich verkündete des Herrn Wort. Aber nur einer hörte zu, Engel, nur eine sah zu mir auf. Sie ging zu früh weg, Gabriel, viel zu früh, den Großen Lobgesang hörte sie nicht:

Gelobt seist Du, Herr,
für Bruder Wind und die Luft ...

Ja, gelobt seist du, Gabriel, wenn du machst, dass ich sie wieder sehe, morgen in der Vesper, in der ich von dir singen und sagen will. Hilf, Engel, so wie ich dir geholfen habe. Warst du nicht verloren, fand ich dich nicht und half dir auf? Ja, ein gefallener Engel warst du, hilf du im Gegenzug nun auch mir!

Er hatte die Höhe des Ehmhofs erreicht, eine Wegbiegung noch und die Harte Kuhle tauchte auf, in die sich die Stallungen und das Wohnhaus schmiegten. Der Ehmhof war der schönste Hof in der Gegend, der Junge lächelte, er gehört dem Vater, Engel, hörst du? Der Mutter natürlich auch. Und davor gehörte er dem Vater des Vaters und dessen Vater und später gehört er mir. Ich werde ihn dir zeigen, wenn du mir hilfst, sie wieder zu sehen. Wir werden unzertrennlich sein, Engel, uns nie wieder trennen, das verspreche ich dir, Erzengel Gabriel."

* * * * *

John blieb stehen und holte tief Luft. Auch Dorothea, die Schritt gehalten hatte, tat die Verschnaufpause gut. Der Weg war steil, ihr Herz klopfte stark, sie hatte wenig auf die Umgebung geachtet und ganz der Erzählung gelauscht. Hin und wieder waren ihre Gedanken abgeschweift und hatten sich mit dem Traum beschäftigt, aus dem sie am Morgen durch Marie aufgeschreckt worden war. Sie erinnerte sich nicht an die Einzelheiten, nur dass der Sog der Bilder stark gewesen war, dessen war sie gewiss. Selbst nach dem Frühstück noch und jetzt auf dem Weg zur Wetteralm zog sie die Bilder wie eine Schleppe hinter sich her. Es war kein Albtraum gewesen, im Gegenteil. Sie erinnerte sich, dass ihr Marie vom Engel erzählt hatte – doch was war Erzählung, was Einbildung? Sie wusste nicht, wann sie eingeschlafen war. Zunächst hatte sich die Geschichte nur fort gesponnen, dann aber immer mehr entfaltet, sie war gleichsam aufgebrochen wie eine Blüte nach dem Frost. Dadurch hatte sich der Engel auf dem Nachttisch verändert, das Schleiergewand, das ihn enthüllte und verhüllte, war aus Wunsch und Wirklichkeit gewebt.

„Haben alle Menschen einen Schutzengel?" fragte sie.

John nickte: „Nicht nur die Menschen, auch die Tiere, die Pflanzen, alles, was lebt. Die Spur des Lebens ist eine Engelsspur."

Sie hatten sich wieder in Bewegung gesetzt, der Weg wurde schmal, John schritt mit einer großen Kiepe auf dem Rücken vor ihr her. Sie hörte den Wind durch die Bäume gehen, es war, als spränge er von Hang zu Hang und setzte über die Täler hinweg. Sie sah, wie er in Wellen durch die Fichten fuhr, eine weiche Dünung rollte über die Bergkuppen hin. Hier, kurz vor der Baumgrenze, war der Wald stark durchbrochen, er wechselte mit Lichtungen und Inseln von Unterholz ab. Wenn sie aufsah, glichen die Wipfel einer grünen Decke, die schadhafte Stellen aufwies. Manchmal riss der Wind die Decke ein, dann zeigten sich Fetzen von blauem Himmel, auch Teile des Kelchen-Massivs. Für Augenblicke hatte Dorothea Egesdorf erkannt, das inmitten eines Nebelsees schwamm. Der Talgrund jedoch blieb unsichtbar, auch als sich die Sonnenstrahlen wie Lanzen durch die Wolkenwand bohrten. Noch lag nirgendwo Schnee, nur der Große Kelchen und die anderen Bergriesen hatten wie immer weiße Helme auf.

„Das ist Altschnee", sagte John, „Schnee von gestern und vorgestern, Schnee, der das ganze Jahr über liegt. Es ist eine Ewigkeit her, dass wir grüne Weihnacht gefeiert haben."

„Als Michael den Engel fand, lag auch kein Schnee", warf Dorothea ein. John nickte: „Das ist wahr, aber die Geschichte ist lange her und noch nicht zu Ende."

Sie hatten die Höhe erreicht, der Wald trat zurück, auf der leicht gewellten Lichtung wuchs fahles Gras. Die Wiesen waren von Felskuppen durchbrochen, hartes Buschwerk zitterte im Wind. Hier und dort hatte eine der großen Kiefern überlebt, ein Überhalter, vom Sturm gezeichnet, doch ungebeugt.

„Das ist die Wetteralm", sagte John und wies in die Runde, „eine Alm, die in meiner Kindheit voll saftiger Wiesen war. Im Sommer wurde das Vieh hochgetrieben, es graste bis zum Herbst die Weiden ab. Die Hirten und Sennerinnen wohnten in den Hütten, die du dort drüben als Gerippe am Waldrand siehst. Heute scheinen Sonne, Mond und Sterne durchs Dach, die Treppen sind morsch, durch die Wände pfeift der Wind. Nicht einmal dem Wanderer bieten sie ausreichend Schutz und selbst das Wild fühlt sich dort nicht mehr wohl. Die Alm ist inzwischen ausgestorben, die Natur nahm einen Toten wieder zurück."

Sie gingen weiter, Dorothea wurde kalt, frischer Wind fiel vom Kelchen über die Hochalm her.

„Hast du früher ebenfalls das Vieh gehütet?" Dorothea stellte sich John als Jungen vor, mit Lederhosen, genagelten Stiefeln und grünem Hut, so wie sie es im Kino gesehen hatte. Aber John antwortete nicht, er war in Gedanken weit weg, kräftig schritt er aus, kaum hielt sie mit ihm Schritt. Nach einer Weile sah er auf, überrascht über die Wolken, die der Wind in Schüben über die Alm hintrieb. „Wir müssen uns sputen, sonst werden wir vom Wetter überrascht." Er nickte und wies zum Kelchen hinüber. „Siehst du? Dort drüben regnet es schon."

Dorothea folgte der Hand: „Ob es auch morgen regnet?" Ihr Gesicht drückte Enttäuschung aus. John zuckte die Schultern. „Schon möglich", murmelte er zerstreut, als interessierte ihn das drohende Wetter nicht. „Nasse Weihnacht, genau wie damals. Mitunter kommt der Wetterumsturz über Nacht ..."

„... Deshalb musst du gleich zu Doktor Zimmerli gehen", sagte der Vater, als Michael in die Stalltür trat. Der Junge hatte das Licht gesehen, vom Brodem der Kühe betäubt stand er auf der Schwelle und starrte in den dämmrigen Raum. Der Vater stand vor Linda, der braun-weiß gefleckten Kuh, und betrachtete prüfend ihren runden Leib. „Morgen ist es soweit, dann kalbt sie", sagte er. „Frag Doktor Zimmerli, ob er kommen und sie sich ansehen kann. Nimm die Laterne mit und zieh die Regenjacke an, wenn du nicht bummelst, bist du in zwei Stunden zurück und dann gibt es Abendbrot."

Michael nickte, lief über den Hof und verschwand im Haus. Es war ihm lieb, noch einmal in den Wald zu gehen, zu viel schwirrte ihm durch den erhitzten Kopf. Doktor Zimmerli wohnte auf der anderen Seite der Alm, er kannte den Weg im Schlaf, vor der Dunkelheit fürchtete er sich nicht.

In der Stube war es warm, im Kachelofen knackte das Holz, ihm wurde wohlig, die Glieder waren schwer; sie fühlten sich an, als badeten sie in warmer Milch. Michael versuchte, sich eine Wanne voller Milch vorzustellen, lachte über den Einfall und begann sich umzuziehen. Schuhe und Mantel waren durchnässt, so nahm er die Gummistiefel und griff nach dem Regenumhang.

Aus der Manteltasche schaute der Engel hervor, kaum hatte er noch an ihn gedacht. Er zog ihn heraus und wendete ihn hin und her, nun erst sah er ihn richtig bei Licht. Die Arme lagen an, die Hände waren geöffnet, als brächten sie etwas dar, die Flügel überragten ihn um Haupteslänge und liefen nach oben in schlanker Rundung zu. Über dem Gesicht schien wirklich ein Schleier zu liegen, die Züge waren verhangen, die Augen geschlossen, aber der Mund war geöffnet, die Lippen leicht geschürzt. Sang er, oder rief er etwas – was rief er ihm im Stillen zu? Michael hielt den Atem an und lauschte geraume Zeit. Doch so sehr er sich anstrengte, er vernahm kein einziges Wort, er hörte nur das eigene Herz. Hörst du mich, Engel? Wo kommst du her? Ich verstehe nicht, was du sagst. Was willst du von mir?

Wieder lauschte er und wieder hörte er nichts als sein Herz. Nichts? Er setzte sich vor den Engel, stützte das Kinn in die Fäuste und starrte ihn an. Singst du? fragte er, singst du den Großen Lobgesang? Aber das ist mein Gesang, hörst du? Mein Lobgesang, den niemand außer mir singen darf:

Gelobt seist Du, Herr,
für Bruder Feuer,
der uns die Nacht erleuchtet und uns wärmt ...

Stimmte das? Er wusste es nicht. Auch der Engel wusste es nicht, der Engel schwieg mit geöffnetem Mund. Michael nahm ihn in die Hand und drehte ihn missmutig hin und her – ein stummer Engel, der weder redete noch sang! War er nicht aus bloßem Holz? Als ihm dieser Gedanke kam, schoss ihm die Schamröte ins Gesicht. Und ich spreche mit ihm, als wäre er aus Fleisch und Blut! Hörst du, Engel? Ich bin nicht aus Holz, mich kann man hören, für alle Welt werde ich der Botschafter Gottes sein: *Freuet euch, denn euch ist heute der Heiland geboren!* ... Und dann der Große Lobgesang! Auch den kann man hören, denn ich singe wirklich, nicht unhörbar, sondern laut. Eigentlich müssten mich Pauken und Trompeten begleiten und die himmlischen Heerscharen um mich sein!

Der Engel schwieg.

Michael hatte sich in Eifer geredet, die Verstocktheit des Engels ärgerte ihn. Ein Stück Holz, dachte er, du bist nichts als Holz. Irgend jemand hat dich geschnitzt, weil er ein Schnitzer ist. Hätte er doch einen Ritter gemacht, einen Ritter mit Schwert und Schild, der mit dem Drachen, dem Bösen kämpft! Siegfried, der Nibelunge, das war ein Held! Er kämpfte mit dem Drachen wie der Erzengel, der meinen Namen trägt. Warum hörst du nicht, Engel? Weil du nichts bist als Holz! Du hast keine

Stimme, du hast keine Botschaft, die wahren Engel sind aus Erz oder aus Fleisch und Blut, so wie ich!

„Michael!" Die Mutter rief aus der Küche, der Junge schreckte hoch.

„Was ist?"

„Du musst los!"

„Ja, Mutter!"

Sag wenigstens, wie du heißt, sag, wie sie heißt.

Der Engel schwieg.

Sag, wie sie heißt, die vor mir in der dritten Reihe saß. Sie hat braune Augen und braunes Haar. Sie hat zugehört und mich verstanden, wie sonst niemand außer ihr. Ich habe deutlich geredet, verstehst du? Meine Botschaft ist klar: Freut euch, ihr Christen, denn euch ist heute der Heiland geboren, welcher ist Christus, der Herr! Ich bin eindeutig, Engel, nicht zweideutig wie du, aus dessen Mund nur Schweigen zu hören ist.

„Michael!"

„Ja, Mutter, ich komme!"

Warum musste die Mutter ihn ständig mahnen? Was sollte er bei Doktor Zimmerli? Bin ich ein Botenjunge, den man in die Dunkelheit schickt? Ein Bote bin ich, zwischen Himmel und Erde, ein Engel, ein Lichtbringer, ich bin selber das Licht!

„Michael!" Jetzt rief auch der Vater: „Um acht bist du zurück!"

„Ja, Vater!"

Zum Teufel! Hatten die Eltern nur Linda im Kopf? Was bedeutete die Geburt von Kälbern, wenn es um das Heil der Welt, um die Geburt Christi ging? Höre, Engel, eine Botschaft bin ich, die Weihnachtsbotschaft –

65

ist das nicht unerhört? „Gelobt seist Du, Herr, dass Du mich zum Boten Deiner Botschaft gemacht hast ..."

Der Engel schwieg.

„Dass ich nicht bin wie dieser Holzengel da,
dass du mir deine Stimme gabst und
ich dein Wort auswendig weiß ..."

Der Engel schwieg.

Weißt du wenigstens, wie sie heißt?

„Michael!"

Der Junge war aufgesprungen und hatte Mütze und Handschuhe gepackt: Hörst du, Engel? Den Namen will ich wissen!

Der Engel schwieg.

„Bist du ein Dämon?" schrie er – schrie er wirklich? Nein, er flüsterte nur, mit gepresstem Atem flüsterte er: „Es gibt gute und böse Engel, Dämonen und Verdammte, das sind gefallene Engel, die Engel der Finsternis! Gehörst du zu den Gefallenen, bist du – des Teufels, Luzifer?"

„Michael! Zum letzten Mal!"

„Ja, Vater!" rief er, heiße Wut stieg in ihm auf: Rede, Engel, oder ich zerschmettere dich an der Wand!

Der Engel schwieg.

Er hatte ihn in beide Hände genommen und presste ihn so stark, als wollte er ihm die Flügel zerbrechen. Sein Kopf wurde rot, Schweißperlen standen auf der Stirn, die Knöchel der Fäuste waren schneeweiß: Dann ist es aus mit dem Fliegen – Holz, nichts als Holz! – er hob den Engel hoch – und du musst dorthin zurück, wo du hergekommen bist, in die ewige Finsternis!

Der Engel schwieg.

Dann wirst du brennen, in der Hölle brennen!

Der Engel sang.

Verbrennen wirst du – Holz, nichts als Holz! Ich, Michael, bin der Erzengel des Herrn, es gibt keine anderen Engel neben mir!

Der Engel sang.

Rede, Engel, warum schweigst du, was verschweigst du mir ihren Namen? Mich wirst du nicht zum Schweigen bringen!

Der Engel schwieg.

Ich werde kämpfen, Engel, mit dem Teufel, Luzifer, mit dir! Alle Welt soll wissen, was heute geschehen ist: Ich habe mit dem Teufelsengel gekämpft!

Der Engel sang.

Höre, du wirst brennen, du entkommst mir nicht ...

Der Engel schwieg.

Es sei denn, du antwortest mir ...

Der Engel sang.

Denn ich, Michael, habe den Teufel besiegt! ...

Ein Krachen, ein Splittern, ein Fall, dann nichts – Nichts?

„Michael, was machst du?"

„Nichts Mutter, nichts!"

„Wie?"

„Ich weiß nicht ..."

Stille. Der Engel lag am Kachelofen – Stille – Michael stand wie erstarrt, in ihm war es totenstill. Mein Herz steht still, dachte er, es ist tot. Tot? Nein, es schlägt noch, ja es schlägt. Ein Wunder ist geschehen, dass ich nicht tot bin, dass ich lebe – ein Wunder, Engel, dass du am Leben bist!

Er war zum Ofen gestürzt und hatte den Engel aufgehoben, vorsichtig hielt er ihn in der Hand. „Verzeih", murmelte er, „der Teufel führte mir die Hand. Ich habe dich verworfen, an die Wand geworfen, ich habe dich verletzt, deine Flügel verletzt – *breit aus die Flügel beide* – beide? Der eine, Gott sei Dank, nur der eine, der rechte Flügel ist verletzt!"

Er legte sich auf den Bauch und suchte den Boden ab, fand aber die Spitze des Flügels nicht. In der Diele schlug die Tür, der Vater kam die Treppe herauf. Michael sprang auf, stürzte zurück, nahm den Engel – komm, Engel, komm! – wickelte ihn in den Schal und stürmte am Vater vorbei aus dem Haus.

„Nun aber los, Michael, um acht bist du zurück!"

„Ja, Vater!"

Die Tür fiel zu, Regen splitterte ihm ins Gesicht, tief zog er die Kapuze über den Kopf. Fürchte dich nicht, Engel, rief es in ihm, ich kenne den Weg zum Arzt im Schlaf. Auch habe ich die Sturmlampe mitgenommen, ein Licht, ein schwaches Licht in der Finsternis.

Er blieb stehen, zündete sie zitternd an und betrachtete noch einmal den Engel im flackernden Licht. Mit dem Finger fuhr er über den verletzten Flügel, vorsichtig, als berührte er eine Wunde am eigenen Leib. Klage nicht, Engel, klag mich nicht an. Auch ich will nicht mehr klagen, mich beklagen, dass du schweigst. Es ist gut, dass du schweigst, ich höre dein Schweigen, ich singe, damit du schweigen kannst.

Der Engel singt.

* * * * *

Niemand im Tal konnte sich daran erinnern, dass
es kurz vor Weihnachten jemals so mild gewesen war.
Grüne Weihnachten? Das gab es nur in den Zeitungen
des nördlichen Flachlands, in dem um diese Zeit die
Wintersaat grünte und das einzig Weiße der Nebel war.
Deshalb kamen die Flachländer auch in die Berge, sie
kauften sich den Winter für die Skisaison. Gern sah
man sie nicht, diese Winterlinge aus dem Norden, aber
sie brachten das Geld ins Land und Geld verwandelte
die Welt.

Der Sternwirt nickte und starrte ins nasse Grau,
das von oben ins Tal gedrückt wurde und sich an den
Hängen mit dem dünnen Fichtenbestand verwob. Das
Wetter konnte allerdings niemand kaufen, das Wetter
änderte sich nicht. Oder doch? Es gab Leute, die be-
haupteten, es würde von Jahr zu Jahr wärmer, die Pol-
kappen schmölzen, die Eisberge tauten auf, und die
Gletscher zögen sich in sich selbst zurück. Bald wäre es
nicht mehr kalt oder warm, sondern nur noch lau, alles
pendelte sich auf ein lauwarmes Mittelmaß ein.

Als dem Sternwirt dieser Gedanke gekommen war,
ermahnte er sich, nicht weiter zu denken, sonst wäre
auch seine Stimmung bald grau in grau. Er schüttelte
den Kopf, in diesem Jahr war alles anders. Die warmen
Luftschichten reichten in große Höhen und der Nie-
derschlag, der die Adventszeit über als Schnee zu fallen pflegte, kam schon seit Wochen als Regen herun-

ter. Überall rann es von den Dächern, die Fichten, die Lärchen troffen vor Nässe, gelb stürzten die Wildbäche ins Tal. Wieder schüttelte der Sternwirt den Kopf und starrte von der leeren Veranda in die Dämmerung. In der Tat, hier herrschten sonst Lärm und Leben, er dachte an die Kinder der Gäste, für die es an Weihnachten eine Bescherung gab. Sein Haus war bekannt für Eltern mit Kindern, er hatte einen familienfreundlichen Betrieb.

„Aber hier in den Bergen ist alles möglich", sagte er laut zu seiner Frau, die in der Küche die Wandkacheln polierte: „Ein Wettersturz, und die Temperatur fällt über Nacht – am nächsten Tag sind wir eingeschneit."

„Wie?" rief die Wirtin, die Stimme hallte durch den leeren Raum, in dem sonst der Koch und die Mädchen hantierten.

„Ich sagte", rief der Sternwirt, „man hat schon Gletscher kalben gesehen oder zumindest davon gehört."

„Was sagst du?"

„Hat es alles schon gegeben, als ich ein Junge war. Vielleicht jungt der Winter auch in diesem Jahr?"

„Ich verstehe kein Wort!" Die Wirtin stand in der Tür, die Fäuste in den Hüften gestemmt; energisch stieß sie das Kinn in die Luft. Dieser Anblick stimmte den Sternwirt nicht heiter, schon die Art und Weise, wie seine Frau „Wie?" rufen konnte, ließ jeden verstummen, dessen Selbstvertrauen nicht unverwüstlich war.

„Wie?" rief die Wirtin und atmete tief ein, als versorgte sie sich für einen längeren Streit mit Luft.

„Das Wetter", der Sternwirt winkte müde ab. Dieser Ton, dachte er, entmutigt eine komplette Gebirgsjägerkompanie.

„Habe ich es gemacht?" Die Wirtin trat einen Schritt auf ihn zu, sie wirkte wie ein Bulldozer, der eine Mauer bedroht.

„Aber nicht doch, meine Liebe", lächelte der Wirt so gut es ging, und für sich: Dann würde es auch nicht besser sein.

Noch immer lächelnd, als würde er dafür bezahlt, schritt er auf sie zu und legte ihr die fleischige Rechte auf den Arm: „Ich meine ja nur. Da ist ein Kaltluftloch über dem Kelchen, kreisrund und tintenblau, ein Wettertrichter, der vielleicht die Wolkendecke aufsprengt." Er wies mit dem Finger durch die beschlagenen Scheiben, doch seine Frau folgte ihm nicht, sondern betrachtete ihn wie einen, der seiner Umwelt nur Sorgen zu machen pflegt.

„Mein Vater", fuhr der Wirt fort, „nannte die Erscheinung den Winterschuss, weil der Umsturz wie aus dem Hinterhalt kommt."

Die Wirtin hatte sich abgewandt, ihr Blick verriet wenig Vertrauen in die Wetterkenntnisse des Ehemanns: „Winterschuss!" bellte sie, „das ist ein Schuss in den Ofen. Deine Schüsse gehen nach hinten los!"

Doch der Wirt hatte sich sein Lächeln bewahrt und schritt mit ihm auf die Haustür zu wie jemand, dem eingefallen ist, wo der Schlüssel ist, der seit langem verloren war. Er ging den Weg zum Wirtschaftsgebäude hinunter, prüfte die verschlossene Tür und fuhr den Wagen in die Garage, als würde er bis zum Frühling nicht mehr gebraucht. Leer stand das Haus in der verwaschenen Dämmerung, nur in der Küche brannte das

Licht. Die Wirtin sah aus dem Fenster und schüttelte den Kopf, doch der Wirt beachtete sie nicht, er blickte die dunkle Hauswand empor. Keines der Gästezimmer war in diesem Jahr belegt, hinter jedem Fenster hauste die Leere, wenn es anwesende Leere überhaupt gab.

Der Sternwirt seufzte und ließ den Blick zum Kelchen gleiten. Das kreisrunde Loch in den Wolken war noch immer da, es schien mit seiner scharfen Kante wie aus Gusseisen gestanzt. Glich es nicht einem Trichter, durch den sich schwarzblaue Kälte ins Tal ergoss? Strömte nicht bereits flüssiges Eis über die Bergketten hin? Der Wirt schüttelte sich – flüssiges Eis, was für ein unsinniges Bild! Aber mit dem Winterschuss hatte der Vater Recht gehabt. Er lächelte noch immer, doch das Lächeln war gefroren, auch die Augen waren zu Eis erstarrt. Der Winter fällt vom Himmel, nickte er, der Frühling steigt aus dem Tal, und der Sommer? Der Sommer brütet in den Wäldern, während der Herbst ein Reisender ist – ein Durchreisender, der weder ankommt noch bleibt und immer nur Abschied nimmt.

Erneut nickte der Wirt und wandte sich zum Haus, blieb aber auf der Schwelle noch einmal stehen und sah sich um. Der Wind fiel von der Wetteralm in Böen herab und brachte erste Regenschauer mit. Dem Sternwirt war, als hätte ihn ein Rasensprenger erwischt, die Tropfen sprangen ihn von allen Seiten an. „Willst du mich Lügen strafen?" lachte er und reckte die Faust in den Wind. „Da stürzt du dich von der Steigerwand zu uns hinunter ins Tal und weißt selber nicht, was du im Rucksack führst. Aber mir machst du nichts vor, wilder Geselle, du hast den Winter im Gepäck. Zeig es der Alten", er wies zur Küche hinüber, „ja, zeig ihr, was du in Wirklichkeit kannst!"

Wieder lachte der Wirt, die Tür fiel ins Schloss, doch das Lachen verging ihm, als der Wind zum Sturmangriff blies.

* * * * *

„Die Menschen sprechen hier oft mit sich selbst", John blieb stehen, „auch mit den Bergen, den Bäumen oder dem Wind. Das bringt die Einsamkeit mit sich, die viele Jahrhunderte hielt und erst in unserer Zeit zerstört worden ist. Wer einsam ist, ist nicht allein, er teilt sein Dasein mit allem, was ist. Zwar führt der Weg von der Stadt in die Berge, nicht aber von den Bergen zurück in die Stadt, jedenfalls nicht für die Einheimischen, die keine Reisenden, geschweige denn Durchreisende sind. Durch die Touristen breitet sich die Stadt in den Bergen aus, die Städter bringen sie mit und lassen sie beim Abschied zurück."

„Hast auch du mit den Bergen gesprochen, Onkel John?" Dorothea sah ihn erwartungsvoll an.

John nickte: „Schon damals, als ich die Kühe auf die Alm hinauf trieb, und ich tue es heute noch." Sie standen vor einer Fichtenschonung, durch die silberne Nässe strich. An den Bäumen, die nur wenig größer waren als Dorothea, hingen die Regentropfen wie dichte Perlencolliers. Wenn der Wind durch die grünen Gassen lief, streifte er die glitzernden Ketten ab und nahm sie mit sich fort.

Dorothea blieb stehen und staunte: „Wo trägt er sie hin?"

„Der Wind ist ein Zauberkünstler", lachte John, „er verwandelt die Kette und nimmt sie mit sich fort. Ich glaube, er schenkt sie weiter und hängt sie anderen Bäumen um."

Er nahm die Kiepe vom Rücken, holte den Klappspaten und grobes Sackleinen heraus und wies auf die zitternden Fichten. „Such dir eine aus, Dorothea, sie wird in einen Holzkübel gepflanzt und findet dann im Frühjahr bei den anderen neben dem Stall ihren Platz."

Sie tauchten in die Schonung ein, Dorothea war, als riefen alle Bäume ihr zu: „Hier, komm zu mir – bin ich's, bin ich's?" Sie zögerte, sie zauderte, sie ging auf den einen, auf den anderen Baum zu, konnte sich aber nicht entscheiden. „Nimm mich!", riefen die Bäumchen, „mein Lebtag habe ich davon geträumt, ein Weihnachtsbaum zu sein!" Da presste sie die Hände an die Ohren und kniff die Augen zu. Sie wollte nichts hören, nichts sehen, am liebsten wäre sie davon gerannt.

„Es ist schwer", sagte John und legte die Hand auf ihre Schulter, ein leichter Druck, der neu, der aufregend für Dorothea war. „Lass die Augen zu und dreh dich wie ein Kreisel um dich selbst. Dann bleib stehen und lausch in die Richtung, aus der du den eindringlichsten Ruf vernimmst."

Sie nickte und begann sich zu drehen, bis sie Schwindel ergriff. Endlich blieb sie stehen und lauschte – nichts. Nichts? Nur ein Rauschen, ein Brausen, ein einziger brausender Ruf. Oder rauschte es in ihren Ohren, rauschte das Blut im Kopf? Helle Kreise tanzten vor ihren Augen, sie schwankte, machte einen Schritt vorwärts in die Richtung, aus der das stärkste Rauschen kam – Stille, nichts, nur das Brausen des Windes, der ihr die Nässe wie feine Nadeln ins Gesicht trieb. Es prickelte, Dorothea fuhr mit der Hand über die Stirn, es kitzelte, wieder wischte sie drüber hin, ja es stichelte, es stach, sie musste niesen, die Hand fasste zu: „Du!" rief sie und riss die Augen auf, leicht zitterte der Zweig in ihrer Hand: „Ja, du!" Sie schüttelte ihn, der Baum erbebte, sprühend warf er sein Tropfenkleid ab.

„Gut", nickte John, „halte die Zweige hoch, damit ich den Lebenskreis abstecken kann."

Dorothea sah zu, wie er vorsichtig mit dem Spaten das Erdreich absteckte. „Ist er nicht zu klein?" fragte sie besorgt, doch John schüttelte den Kopf. „Pflanzen wir ihn im nächsten Jahr ein, ist wieder die gesamte Erde sein Lebenskreis; der Mittelpunkt der Welt ist überall."

Der Baum war so breit gefächert, dass die Spitze einem Kronleuchter glich, auf dem nur die Lichter zu fehlen schienen. Dorothea sah ihn schon geschmückt mit roten Äpfeln und Kugeln, sie schimmerten wie bunte Seifenblasen und waren zerbrechlicher als Glas. Oder sollte der Baum nur Kerzen tragen?

„Kerzen und Engelshaar", sagte John, als hätte er ihre Gedanken erraten, „das haben wir immer so gemacht." Er war um den Baum herumgegangen, der Spaten hinterließ eine schwarze Spur im verfilzten Gras.

„Warum trugen die Bäume früher Schleifen, wenn sie so klein waren wie dieser hier? Tante Marie hat davon erzählt."

John sah sie an, es traf ihn, wenn sie von Onkel und

Tante sprach. Aber dazu sagte er nichts, sondern nickte nur: „So hat man es früher, vor Jahren gemacht. Die Bäume, die für den Christmarkt bestimmt waren, wurden mit Schleifen, mit Todesschleifen, geschmückt. Inzwischen darf hier kein Weihnachtsbaum mehr geschlagen werden, das hat vor langer Zeit der Gemeinderat durchgesetzt."

Er schwieg, drückte das Kreuz durch, dehnte Arme und Schultern, als wollte er Freiübungen machen und setzte erneut den Spaten an, als tastete er eine Wunde ab. „Es war ein mörderischer Brauch", stieß her hervor, „tausende von Bäumen waren zu Weihnachten dem Tod geweiht." Der Spaten knirschte, tief drang er ein, eine lange Wurzel wurde behutsam gekappt.

„Sie hat das aber nicht gewusst, oder doch?"

„Wer?" John zog die Brauen hoch, er suchte den Zusammenhang.

„Marion."

„Sie hat es geahnt." Vorsichtig fuhr der Spaten unter dem Ballen durch und hob den Baum leicht an.

„Und Michael?"

„Michael nicht." John drückte den Spaten nach unten, mit leisem Laut sprangen die Wurzeln heraus, als platzten Adern aus dem Erdreich auf. „Er dachte sich einfach nichts dabei, damals jedenfalls nicht."

Der Baum neigte sich, der Ballen, der flach wie ein Teller war, lag frei, John zog das Sacktuch unter ihm durch, band es unten am Stamm zusammen und hob den Baum in den Tragekorb. „Ist er zu Hause eingepflanzt, wird er begossen und geschmückt." Prüfend hob er die Kiepe an und schulterte sie mit kräftigem

Schwung.

„Wer?" fragte Dorothea.

„Der Baum!" lachte John, „wer sonst?"

Aber Dorothea war mit den Gedanken woanders. „Warum dachte er sich nichts dabei?"

„Wer?"

„Michael."

„Ach so." Sie zwängten sich durch die Zweige zurück zum Weg, John ging voran und hielt sie fest, damit sie Dorothea nicht ins Gesicht springen konnten.

„Meist ging es ihm so wie heute dir, fast immer war er mit den Gedanken woanders, nur nicht im Hier und Jetzt."

Sie standen wieder auf dem Weg, John sah auf die Uhr – „jedenfalls an diesem Vorweihnachtsabend, als er bei Doktor Zimmerli war und nach Hause lief."

Sie setzten sich in Bewegung, die Schonung lag bereits hinter ihnen, als John „komm, wir haben noch Zeit", anfügte und auf einen Hochsitz wies, der unweit von ihnen auf der Lichtung stand. „Dort oben ist es trocken, da kann ich dir erzählen, was damals an dem Abend alles geschah."

Als sie oben waren, rückten sie dicht auf der Bank zusammen, von hier ging der Blick über die Lichtung bis zum Waldrand hin. Dorothea hörte den Wind um den Hochsitz singen, dazu den leisen Tropfenfall auf dem Dach, sie fröstelte, die Gegend sah unwirtlich aus. Auf der Lichtung war ein vereinzelter Baum zu erkennen, der rund gewölbt einer Laube glich. Alles war neu für sie und trotzdem vertraut, so wie ihr John und Marie vertraut waren. Manchmal war ihr, als kennte sie sie aus einem früheren Leben: „Kann man mehrere Leben leben, Onkel John?"

„Wie oft hatte sich auch der Junge diese Frage gestellt, wenn er im Sommer in den Wiesen lag und die Luft nach Minze, Kamille und Thymian roch. Oder wenn der Herbst kam und er auf den verbrannten Hängen saß und den bitteren Duft des sterbenden Jahres einsog. Um ihn stand das schwelende Gras, im Tal hatten die Haselsträucher Feuer gefangen, ein Flächenbrand, der sich die Hänge hinauf zog. Blauer Dunst stand wie geschichtet zwischen den Bergen, durchzogen von goldenem Sonnenstaub – so war es immer schon gewesen und es würde immer so sein. Manchmal glaubte der Junge, auch ihn habe es immer gegeben, er sei unauflöslich verwoben mit dem Jahreskreislauf. Ankunft und Abschied schürzten sich zur Schleife, zum nicht endenden Fest der Wiederkehr."

John machte eine Pause, knöpfte Dorothea die Jacke zu und fuhr mit leichtem Zögern fort: „Michael musste lächeln über diese und ähnliche Gedanken, die ihn auf dem Weg zu Doktor Zimmerli so unverhofft überfielen, als habe ihm jemand Stolpersteine in den Weg gelegt. Er liebte auf der Wetteralm jeden Baum, jeden Strauch und kannte das Profil der Berge, gleichviel bei welchem Sonnenstand. Oft liefen ihm die Bilder noch im Traume nach, als gäbe es keine Trennung zwischen Innen- und Außenwelt. Früher hatte er die Dinge gleichzeitig erlebt, alles glich einem Augenblick, was in Wahrheit ein Nacheinander war. Früher? In seinem früheren Leben, bevor er geboren war, davon war er überzeugt. Manchmal, wenn er nachts mit offenen Augen dalag und auf den Wind horchte, der zwischen den Ställen sein Unwesen trieb, glaubte er, dass das frühere Leben das wahre Zuhause, die eigentliche Heimat gewesen war. Das frühere oder das künftige Leben? Das war die Frage. Vielleicht waren beide ein und das selbe? Jedenfalls war dieses Zuhause unsichtbar und doch gegenwärtig; von dort kam er her, dort ging er wieder hin.

„Du träumst", lachte Doktor Zimmerli, als sich Michael von ihm verabschiedete: „Du denkst schon an Morgen, an den Heiligen Abend. Sag dem Vater, dass ich am frühen Nachmittag kommen werde, bis dahin meine Empfehlung und auch an die Mutter einen Gruß."

Der Junge schüttelte die Nässe aus dem Haar und setzte sich in leichten Trab. Er fror, war es nicht kälter geworden? Der Wind fuhr durch die kahlen Buchen, ein Stöhnen und Klagen drang durch den Wald. Er blieb stehen und lauschte, ihm war, als befände er sich auf einem ungeheuren Friedhof. Die Bäume ächzten und klagten, wie schwarze Gerippe ragten sie in die Luft. Der Wind fuhr durch die riesigen Skelette, die Äste schlugen aneinander mit beinernem Laut. Es schien, als wenn die Bäume klagten, weil der Wald nicht nur hier, sondern überall auf der Welt starb.

Bei diesem Gedanken erschrak der Junge. Wie konnte er leben, wenn es keine Wälder mehr gab? Er liebte die Bäume wie nichts anderes auf der Welt, mehr noch als den Vater, die Eltern überhaupt. Vater und Mutter waren nicht immer da, sie schienen ihm manchmal so nah wie fern zu sein. Den größten Teil des Tages war er von ihnen getrennt, wenn er in der Schule oder beim Pfarrer war, im Wald oder auf der Alm. Selbst zu Hause, wenn er über dem Stall im Heu lag und die Ketten der Kühe im Dämmern klirrten, waren die Eltern nicht bei ihm. Sie waren in der Nähe, aber nah waren sie nicht.

Die Bäume dagegen waren immer da. Er lief durch den Wald wie an diesem Vorweihnachtsabend, lag im Sommer unterhalb der Wetteralm im Schatten der Kiefern oder kletterte im Mai in die Buchen mit ihrem jungen, flammenden Grün. Im Herbst nahm er an den lautlosen Tagen, die den späten September krönten, das feierliche Fallen der Blätter wahr, vor allem die Farben des Ahorns brannten sich ins Gedächtnis ein. Manchmal nahm er ein Blatt und hielt es gegen das Licht – welche Schönheit leuchtete in der Durchsichtigkeit auf! Wie viele Blätter wurden auf den Wegen mit Füßen getreten und waren bald zu braunem Estrich zerstampft! Doch auch die, die er aufbewahrt hatte, rollten sich zu Hause ein und verloren wie zum Abschied über Nacht ihre rotgoldene Pracht; ihr glanzvollster Augenblick war der Tod. Dann schien es ihm, als stürbe er mit ihnen, doch im Frühling lebte er wieder auf. Ostern und Pfingsten waren ein einziges Fest, eine immer während Auferstehung.

Er lehnte sich an eine der Buchen, seine Hand glitt über den rauhen Stamm; in der Nässe glänzte er wie ein schwarzsilberner Leib. Er umschlang ihn mit den Armen und drückte das heiße Gesicht ans Holz – der Baum lebte, er atmete genauso wie ein Mensch. Ob es auch auf anderen Planeten Bäume gab? Manchmal glaubte er, dass im All überall Wälder lebten so wie umgekehrt in jedem Baum das All anwesend war. Vielleicht glich das Universum im ganzen einem Baum, einem überirdischen Lebens-, einem Weltenbaum?

Weint nicht, klagt nicht!, wollte er den Bäumen zurufen, habt ihr nicht die Weihnachtsbotschaft gehört? Ich, Michael, der Engel, verkündige sie aller Welt: Hört, euch ist heute der Heiland geboren – heute? Nein morgen, morgen erst war Weihnachten, heute war nur die Probe gewesen, die Generalprobe für den kommenden Tag.

Er hielt inne, eine Sturmböe ging durch den Wald und rief aufs Neue das Seufzen und Klagen hervor, so dass den Jungen helle Furcht ergriff. Ich habe gelogen, fuhr es ihm durch den Kopf, er umklammerte den Buchenstamm, der sich im Sturme bog – ich bin kein Engel, ich spiele den Engel bloß. Aber sie ist ein Engel, sie, die in der dritten Reihe saß, sie, mit dem dunklen Haar! Wenn sie kein Engel war, dann gab es keine Engel, jedenfalls keine lebendigen aus Fleisch und Blut. Dann gab es nur geschnitzte Engel aus Holz wie den, mit dem er gestritten, den er verletzt hatte, als wäre der Engel sein Feind.

Er löste sich von der Buche, seine Hand glitt über die rissige Rinde, er glaubte zu spüren, dass sich das Holz dehnte und zusammenzog wie die Brust, die sich beim Atmen hebt und senkt. Kein Zweifel, der Baum lebte, so wie er lebte, und auch er, dieser feindliche Engel, den er bei sich trug. War er aus Buchenholz? Wie viele Engel barg allein diese Buche oder die Fichten dort drüben, wie viele Engel lebten in diesem Wald, in den Wäldern der ganzen Welt! Gab es nicht Engel aus Stein, aus Gold und Silber, so wie es die erzenen Erzengel gab?

Und die Papierengel – wurde Papier nicht aus Holz gemacht? Dem Jungen schwindelte: Alles lebte, die Engel aus Pappe, aus Bronze, aus Ton, die Engel aus Marmor und anderem Stein! Und dann die unsichtbaren Engel, die Engel des Wassers, des Feuers und der Luft, die Engel auf den Sternen, die Sonnenengel und Mondengel – voll von Engeln war die Welt! Und endlich die Engel aus Fleisch und Blut! Nicht er, er spielte den Engel nur, aber sie, sie war eine Engelin! Er dagegen hatte mit dem Engel gestritten, ihn zum Kampf gefordert, herausgefordert und von sich gestoßen. Er hatte ihn fallen gelassen – o, er hatte die gefallenen Engel vergessen! Vielleicht trat er einen von ihnen gerade mit Füßen, einen gefallenen Erdengel vielleicht? Ja, die Welt war voller Engel, man musste unendlich vorsichtig sein mit den Blumen und Bäumen, dem Wasser, der Luft, äußerst behutsam und dankbar wie im Großen Lobgesang:

Gelobt seist Du, Herr,
für unsere Schwester, die Erde,
die uns trägt voller Kraft und Glück
und vielerlei Frucht uns bietet ...

Vorsichtig trat er einige Schritte zurück, ein Ast zerbrach unter seinem Fuß, so dass er erschrak. In fliegender Eile suchte er die Streichhölzer und zündete mit vor Kälte zitternden Händen die erloschene Laterne an. Vor Kälte? Im Gegenteil, ihm war warm, sogar heiß, wenn er daran dachte, wie verletzlich die Welt war. Alles war lebendig, wo er stand, ging oder saß. Daher war es gut darauf zu achten, wohin man trat. Konnte er einen Schritt tun, ohne anderem Leben den Tod zu bringen? War es nicht besser, sich nicht zu bewegen und still an einem Ort zu verharren, sein Leben lang? Wenn er im Sommer auf den Wiesen lag, trat er auf Blumen und Gräser, zerdrückte Ameisen und Käfer, Regenwürmer und Schnecken, ohne dass es zu verhindern war. Oder doch? Hatte er nicht im Sommer noch mutwillig die blauen Disteln am Schuppen geköpft? Dem Jungen wurde elend zumut, die Lampe schwankte, der matte Lichtschein huschte über den Weg. Konnte man leben ohne zu verletzen, ohne den Tod zu bringen, ohne schuldig zu sein? Hatte man erst am Ende der Zeit, wenn man gestorben war, seine Ruh? ...

... Diese Ruhe, dachte das Mädchen, eine solche Stille wie hier auf der Höhe hatte es noch nie erlebt. Der Wind war abgeflaut, still zog der Nebel über die Lichtung hin. Marion war, als umgäbe sie ein gewaltiges Kirchenrund und sie selbst stünde in seinem Mittelpunkt. Die Lichtung war der Altarraum, die Kirche der gesamte Erdenkreis, das Himmelsgewölbe bildete das Dach der Welt. Und da – ein Läuten ...

... Der Junge hatte den Mischwald verlassen und war auf der Höhe der Wetteralm gelangt. Die Sicht war schlecht, auf der Lichtung lag Dunst, dahinter stand der Wald, schwarz, wie erstarrt, als wäre er in Glas gefasst. Die Stille war so groß, dass ihm schien, als gäbe es auf der Lichtung keine Luft. War er in ein Luftloch geraten, in eine Zone ohne Zeit? Wer sich hier nicht auskannte, musste sich im Nebel verlaufen, er lief im Kreis, und selbst die Glocken, die von Fern erklangen, konnten ihn nicht davor bewahren, in die Irre zu gehen. Das Läuten kam aus keiner bestimmten Richtung, es tönte von allen Seiten, von unten und oben, von überall her. Oder war es in seinem Kopf? Michael blieb stehen, er hörte sein Herz – nein ...

... Die Glocken drangen von weit her zur Wetteralm. Das Mädchen schaute nach oben, einige Sterne schimmerten blass, am Waldrand stand noch immer der Nebel, aber am Wege – wurde es da nicht licht? Es schien so, ringsum war es still wie zu Beginn des Gottesdienstes, wenn die Gemeinde darauf wartete, dass die Orgel einsetzt ...

... Der Junge hörte nur den eigenen Atem, so still war es um ihn her, still wie in der Kirche, bevor das Eingangslied erklingt: *Lobt Gott Ihr Christen alle gleich* zum Beispiel oder ...

... *Vom Himmel hoch*, dachte das Mädchen, wie der Engel bei der Probe ...

... Vielleicht auch *Vom Himmel hoch* ... – ruckartig blieb der Junge stehen: War da nicht eine Stimme, die sang: *Vom Himmel hoch, da komm ich her*? Wer sang da sein Lied? Er riss sich die Mütze vom Kopf und lauschte in die stille Nacht. Nein nichts, nur die eigene Stimme klang in ihm nach: *Und schenkt uns seinen Sohn* ...

... Sie schüttelte den Kopf: Nicht vom Himmel, von der Erde, aus dem Wald kam der Engel – Engel, hörst du? Sie trat einige Schritte vor und sang: *Des freuet sich der Engel Schar* ...

... Klar und deutlich hörte er jetzt die Stimme, eine helle Stimme, die vom Glockenbaum herüber klang. Er begann zu laufen ...

... *Und singen uns ein neues Jahr* ... Engel, hörst du? ...

... Er stürzte auf den Glockenbaum zu, die Laterne in seiner Hand schwankte – ich höre dich, Engel! Und du, siehst du mich? Ich ...

... „Du?" fragte das Mädchen ...

... „Ich", nickte der Junge.

Er stand und starrte das Mädchen an. Die weiße Regenjacke schimmerte matt, sie strahlte eine unbestimmte Helligkeit aus, als sei er in einen Lichtmantel gehüllt. Stumm hielt er die Laterne in die Höhe, auch das Mädchen stand still und schwieg. Sie sah blass aus, die Locken hatten sich als Strähnen um das Gesicht gelegt, ihm war, als blickte ihn ein altes Foto aus schwarzem Rahmen an. Wann hatte er das Bild zum ersten Mal gesehen? Er konnte sich nicht erinnern, aber er kannte es genau. War es ein Urbild? Es musste ein Urbild sein. So hatte er sich früher die Schwester gedacht, an die er keine Erinnerung hatte, weil sie nach seinem dritten Geburtstag gestorben war. Er hatte sie später zu malen versucht, die Mutter war betroffen von dem Bild und hatte es ein „Urbild" genannt.

„Bist du ein Urbild?" fragte er, ohne dass er die Frage hatte stellen wollen. Was für einen Unsinn er da redete! Er stand neben sich, sah sich von der Seite und hörte zu, wie er dummes Zeug zu dem Mädchen sprach. Was ist geschehen? Sie sieht aus wie ein Engel, wie ein Urengel sogar, steht allein mitten in der Nacht vor dem Glockenbaum und singt. Ich aber komme von Doktor Zimmerli, weil der Vater gesagt hat, dass ich wegen Linda zu ihm gehen soll. Und nun bin ich auf der Wetteralm und sehe ein Wunder, ich bin mitten in einem Wunder drin.

Noch immer sah er sich wie von außen, er spürte, wie wenig er bei sich selber war. Wo aber war er, wenn er nicht bei sich war? Da stand er zwei Schritte vor dem Mädchen in seinen nassen Lichtmantel gehüllt und hielt die Laterne hoch. Gleich musste der Arm abbrechen, wenn er nicht mehr außer sich, sondern wieder bei sich war.

Und alsobald war bei ihnen die Schar der himmlischen Heerscharen ...

Still, Engel, ich spiele den Engel nur ...

... Die lobten Gott und sprachen ...

Still, Engel, ein Versucherengel bist du ...

... Und die Klarheit des Herrn umleuchtete sie ...

Nein, keine Klarheit, Nebel und Dunkelheit umgibt uns und trübes, flackerndes Licht. Er sah die Laterne an seinem Arm im Winde pendeln, die Schatten führten einen Lichtreigen auf, der erst endete, als er den Arm sinken ließ. Nun war es, als kehrten die Schatten zur Lampe zurück und würden dort wieder in Licht verwandelt. Wurde es nicht wahrhaftig heller um sie herum?

... Und die Klarheit des Herrn ...

Still, Engel, das ist der Mond. Er ist durch die Wolken gebrochen und spendet milchweißes Licht.

„Marion", sagte das Mädchen, „ich heiße Marion. Und du bist der Engel."

Der Junge schüttelte den Kopf: „Ich bin Michael, ich meine, ich spiele den Engel nur. Ich habe dich in der Kirche gesehen, du warst in der dritten Reihe, da wo der Taufstein steht."

Sie nickte. „Wir wohnen in der Pension Waldheim, ich habe den Rückweg nicht mehr gefunden und mich verirrt."

Marion schlug die Arme um die Schultern, es schien kälter geworden zu sein, als träte der Frost in Schüben durchs Unterholz auf die Lichtung hinaus. Auch der Junge spürte, wie die Kälte unter die Regenjacke kroch. Wind war aufgekommen und hatte die Nebelwand durchbrochen. Der Junge wies hinüber zum Glockenbaum: „Das ist mein Lieblingsplatz. Im Sommer kann man ihn läuten hören, wenn ein Gewitter vom Kelchen kommt; aber nur manchmal, kurz bevor der Regen losbricht."

Er lächelte und fügte dann an: „Man muss das Ohr auf die Wurzeln legen, und wenn es ganz still ist, kein Wind, kein Vogelruf, dann hörst du das Läuten vom Glockenbaum. Ich habe es selber erlebt."

Das Mädchen schwieg, als dächte es nach: „Kommen die Rehe hier herauf?"

„Nur wenn Schnee liegt, und der Boden vom Frost hart ist wie Stein. Dann bringe ich Heu vom Hof herauf."

Er wandte sich zum Gehen, das Mädchen folgte. Als sie den Weg erreicht hatten, schritten sie nebeneinander her, ohne ein Wort zu sagen. Der Engel in der Kirche war größer, dachte sie, wie gut, dass er ein Junge ist.

Auch ihm ging so manches durch den Kopf. Kam sie ihm in der Kirche nicht kleiner vor? Dabei war sie beinahe so groß wie er. Schade, dass sie hier nicht zu Hause war. Schade? Warum sollte das schade sein?

Sie kamen an der Fichtenschonung vorbei, dort, wo die Bäume weiße Schleifen trugen. „Das sind Weihnachtsbäume", sagte er, um überhaupt etwas zu sagen, das Schweigen wurde ihm unheimlich. „Manche werden morgen in der Frühe geschlagen und dann noch auf den Markt gebracht. Viele kaufen erst am Heiligen Mittag den Weihnachtsbaum."

„Aber dann sind sie tot!" rief das Mädchen erschrocken aus.

Der Junge blieb stehen und starrte sie an. „Das ist wahr!", stieß er hervor, er wunderte sich, dass ihm der Gedanke nicht selber gekommen war. Auch das Mädchen war stehen geblieben und hatte eine der Schleifen abgerissen, es dauerte eine Weile, bis der Junge begriff, was sie tat; dann aber half er ihr. Es war nicht leicht, vom Weg aus die Schleifen zu lösen, sie mussten in die Schonung eindringen, um auch die anderen Bäume vom Todesband zu befreien. Die nassen Zweige schlugen über ihnen zusammen, oft hingen die Bänder so hoch, dass sie kaum erreichbar waren. Wie Lilienblüten leuchteten die Papierschleifen in der Dunkelheit.

„Es sind zu viele", seufzte der Junge und blieb mit hängenden Schultern stehen. Auch das Mädchen ließ die Arme sinken, sagte aber nichts und sah ihn nur an. Weißes Licht lag auf den Fichtenzweigen, ein feines Zittern lief durch sie hindurch, ein Beben, ein Vibrieren, das auch das Mädchen ergriff. Der Mond war als Schemen hinter den Schleierwolken zu sehen, eine milchweiße Scheibe ohne Profil. Das helle Gesicht des Mädchens glänzte vor Nässe – kam sie vom Nebel oder waren Tränen der Grund? Ging ihm der Tod der Weihnachtsbäume so nah?

„Es ist kalt", sagte er, „wir müssen nach Hause, sonst werden wir krank." Das wäre nicht schlecht, fügte er im Stillen hinzu und stellte sich vor, wie es wäre, wenn sie beide in den Betten lägen, mit einem Schal um den Hals und heißem Tee neben sich. Die Mutter würde sie pflegen, später könnte man weitersehen. Da das Mädchen stumm blieb, kehrten sie auf den Weg zurück, schweigend gingen sie nebeneinander her. Es war ein düsteres Schweigen, dunkler als eine mondlose Nacht.

„Die Bäume werden nicht geschlagen!" entfuhr es dem Jungen plötzlich. Es war, als wenn ihm die Worte herausgerutscht wären, wie Geldstücke aus der Hosentasche, die eingerissen ist. Eigentlich hatte er gar kein Wort fallen lassen wollen.

„Sie werden nicht abgesägt?" Das Mädchen blickte ihn ungläubig an.

Der Junge schüttelte energisch den Kopf: „Ich werde den Engel darum bitten."

„Aber du spielst doch den Engel nur, hast du gesagt", die Worte des Mädchens waren leise, fast gehaucht; dem Jungen legten sie sich wie Rauhreif aufs Gemüt.

„Ich weiß", nickte er und schwieg. Er dachte an den Engel, den er vor der Kirche gefunden hatte. Das war kein Spiel gewesen, das war bitterer Ernst. Er hatte den Engel beschworen und bedroht, er hatte ihn von sich gestoßen und am Flügel verletzt; auch sich selber hatte er dabei verletzt. Alles, was er gewollt hatte, war ihm misslungen, es hatte sich in sein Gegenteil verkehrt.

„Jeder hat einen Schutzengel", murmelte er. „Vielleicht kann meiner auch die Bäume beschützen?"

Ich nicht, dachte sie, ich habe keinen Schutzengel mehr. Ihr fiel der verlorene Engel ein, an den sie unter dem Glockenbaum nicht mehr gedacht hatte.

„Jedenfalls werde ich meinen Engel bitten, die Bäume zu beschützen", der Junge klang zuversichtlich, als wären ihm Zweifel fremd: „Einen Schutzengel kann man alles bitten, jedenfalls glaube ich das."

Er befühlte den Engel in der Jackentasche, etwas hinderte ihn daran, ihn dem Mädchen zu zeigen. „Meiner heißt Michael so wie ich selbst, in Wirklichkeit ist er ein Engel aus Erz. Der Erzengel Michael ist der mächtigste Engel der Welt – außer Luzifer, natürlich", setzte er zögernd hinzu.

„Wer ist Luzifer?" Die Frage des Mädchens klang gleichgültig, sie war in Gedanken bei ihrem Engel, den sie verloren und vergessen hatte: Engel, wo bist du?

Der Junge zuckte mit den Schultern, „das weiß niemand. Es ist der Engel der Nacht. Er stürzte vom Himmel durch den Weltenraum, im Weltenraum herrscht absolute Finsternis."

„Und wo ist er geblieben?" Die Frage klang lebhafter als zuvor.

„Das weiß ich nicht, er ist verloren gegangen. Im Weltenraum gibt es kein Oben oder Unten, kein Hinten und Vorn, auch kein Links oder Rechts. Selbst ein Engel findet sich in ihm nicht zurecht, so dass er sich leicht verirren kann. Luzifer ist der verlorene Engel. Der Pfarrer hat gesagt, dass der Name Lichtbringer bedeutet. Luzifer stürzt noch heute durchs All, ohne dass jemand wüsste, wo er ist – er ist überall."

Der Junge war stolz auf sein Wissen und wollte weiter sprechen, da sah er, dass das Mädchen die Hände vors Gesicht schlug und: „Es ist furchtbar!" rief. Weinte sie nicht sogar? Er blieb stehen und wollte: Was ist denn? fragen, als sie die Hände sinken ließ und: „Es ist traurig!" hervorstieß, „furchtbar traurig. Ist der Engel für immer verloren?"

Ratlos sah sie der Junge an, er verstand die Erregung nicht. Nein, wollte er sagen und dann: Ich habe ihn gefunden. Aber er brachte kein Wort hervor. Wie ein Blitz, der grell die Nacht erhellt, hatte ihn der Einfall getroffen, dass er vor der Kirche über Luzifer, den Engel der Nacht, gestolpert sei.

„Ich weiß nicht", stammelte er. – Du weißt es nicht? rief es in ihm. – Ich weiß nicht, bekräftigte er. – Hast du mich nicht gefunden? – Er nickte, erschrocken lauschte er auf die Stimme, die er klar und deutlich im Inneren vernahm. Laut sagte er: „Ich glaube nicht, dass er für immer verloren ist." – Du glaubst es nicht? fragte die Stimme. Habe ich dich nicht gesucht? – Ja. – Hättest du mich sonst gefunden? – Nein. – Wer aber bist du, Engel, fragte er, ohne dass seine Lippen die Worte formten: Heißt du nicht Michael? – Michael bist du selber. – Und du? Bist du Luzifer, der Lichtbringer, der Engel der Nacht?

„Nein, ich glaube nicht", sagte er laut. Der Weg fiel ab, sie gingen nun rascher und kamen schneller voran:

„Nichts ist für immer verloren, es findet sich alles wieder", fügte er nach einer Pause hinzu.

Er schwieg, sie schwieg, schweigend gingen sie nebeneinander her. Nach einer Weile blieb er stehen und deutete auf die fernen Lichter, die durch die schwarzen Stämme leuchteten: „Das Licht am Waldrand ist der Ehmhof, dort wohne ich. Du musst mitkommen, dann telefonieren wir, und deine Eltern holen dich ab."

Aber das Mädchen schien kaum zuzuhören. Engel, rief es in ihr, findet sich wirklich alles wieder, findest auch du dich bei mir irgendwann ein? – Ja, war die Antwort, ich bin da, ich bin neben dir.

„Michael?"

Der Junge war zwei Schritte vorausgegangen und drehte sich nun nach ihr um. Hatte sie seinen Namen genannt? „Hast du mich gerufen?" fragte er.

„Gerufen?"

„Meinen Namen gerufen?"

Sie antwortete erst nach einer Weile: „Es gibt viele Stimmen in der Nacht, hörst du sie auch?"

„Manchmal. Aber oft verstehe ich sie nicht."

„Kann man einen Engel hören, wenn er ruft?"

„Ich glaube nicht, Engel rufen nicht, Engel singen. Eigentlich müsste auch ich singen."

„Du?"

„Am Schluss der Weihnachtsbotschaft sage ich den Großen Lobgesang auf, da warst du schon aus der Kirche gelaufen. Das Gebet müsste eigentlich gesungen werden, es heißt der Große Lobgesang. Ich glaube, Engel singen nur."

„Warum singst du dann nicht?"

„Weil niemand die Melodie zu dem Lobgesang kennt. Ein Gesang ist kein Lied, er hat keine Noten. Auch gibt es schweigende Gesänge, die so unerhört sind wie ein stilles Gebet."

Er blieb stehen und sah sich um. Der Wald lag hinter ihnen, unnahbar kalt, es war, als saugte sich die schwarze Abgründigkeit an Michael fest. Er konnte kaum die Füße bewegen, auch im Rücken entstand ein Sog, der ihn hielt, als sei er für immer gebannt. Da streckte er Hilfe suchend die Hand nach dem Mädchen aus und rief: „Sieh, der Wind hat den Nebel ins Tal gedrückt, von den Häusern des Dorfes ist nichts mehr zu sehen!"

„Wie eine Schüssel", lachte sie, „wie eine Schüssel mit Schnee."

„Voller Eisschnee!" Auch er lachte, der Bann war gebrochen, sie ergriff seine Hand, er ergriff ihre Hand, Hand in Hand rannten sie den Steinweg hinab. Das Mädchen erkannte den Weg wieder, sie hatte Angst, in der Dunkelheit zu fallen. Aber sie fiel nicht, auch der Junge fiel nicht. Ihnen war, als schwebten, als flögen, als trügen sie Flügel über die Abgründe der Nacht.

An der Kreuzung, dort, wo der Erlenried vom Steinweg abzweigt und wieder bergauf führt, machten sie halt. Sie atmeten rasch, ihnen war warm. Marion glaubte, die Wärme strömte von ihm zu ihr, Michael dagegen fühlte, wie die Wärme von ihr zu ihm überging. Ihre Hand zuckte, er hielt sie fest, beide hielten einander noch fest, als sie schon auf dem Ehmhof standen und heftig nach Atem rangen. Der Stall lag im Dunkel, die Tür war offen, sie hörten das Schnaufen der Kühe in der Nacht. Von der Wohnstube fielen breite Bänder aus

Licht in den Hof, der Junge staunte, der Weg war wie mit Goldplatten belegt. Noch nie war ihm der Ehmhof so vertraut gewesen, so nah – an diesem Abend kam er zum ersten Mal nach Haus.

Im Flur ging das Licht an, er hörte die Stimme der Mutter. O diese Stimme! Auch sie vernahm er wie zum ersten Mal:

„Michael?"

Ein Glücksgefühl durchströmte den Jungen, das Mädchen spürte ein Zittern in seiner Hand, als hätte ihn die Frage unter Strom gesetzt.

„Ja, Mutter, ich bin's, ich meine – wir. Wir haben uns auf der Wetteralm gefunden, oben am Glockenbaum."

Er drückte die Hand des Mädchens. „Komm", sagte er und zog sie ins Licht, doch Marion zögerte: „Wird er sie wirklich schützen?" fragte sie.

„Wer?" Der Junge sah sie entgeistert an.

„Der Engel. Wird der Engel die Weihnachtsbäume beschützen?"

Michael senkte den Kopf und schwieg, als lauschte er in sich hinein. Endlich flüsterte er: „Man muss ihn bitten, ganz vorsichtig bitten, damit man ihm nicht zu nahe tritt."

Die Worte klangen wie Gläser, die sich berühren, ihr Einklang war glockenrein. „Ich werde ihn darum bitten", fügte er mit Bestimmtheit hinzu, dann betraten sie die Diele, immer noch Hand in Hand.

„Mutter?"

Die Tür zur Küche öffnete sich, der Blick der Mutter fiel auf den Sohn, auf das Mädchen, die Gesichter waren vom Laufen erhitzt, nass hingen die Haare in die

Stirn.

„Mutter, das ist ...“

Die Stiefel waren verschmutzt, von den Mänteln tropfte es herab, ein nasser Kranz hatte sich um beide auf dem Boden gebildet.

„... Marion. Sie hatte sich im Wald verirrt.“

Die Mutter sagte nichts. Sie blickte auf den Jungen, das Mädchen – viel zu früh, fuhr es ihr durch den Kopf, das ist doch viel zu früh! Sie sah die Augen von Michael, die Augen des Mädchens – Marion? – die einander zugewandten Gesichter, die ungeschützten Blicke, wie ihre Hände so schienen auch sie fest ineinander verschränkt. Nein, sie sagte nichts. Aber ihr ging vieles durch den Sinn, mehr als sie in einem einzigen Anlauf bedenken konnte. Ist das nicht zu früh? rief es in ihr. Ein Junge und ein Mädchen – nein, ihr Junge und ein Mädchen, ein Mädchen und ihr Sohn – irgendein Mädchen und mein Sohn! Ist das nicht zu früh, mein Junge, ist das nicht viel zu früh?

Aber nur für einen Augenblick gab sie dem Gefühl der Feindschaft Raum, dann fiel ihr eine frühe Erinnerung ein. Sie hörte die eigene Mutter rufen: „Kind, wie gut, dass du da bist!“, ein Satz, den sie nie vergaß. Wann war das gewesen, gestern, vor einer Ewigkeit? Gut, Kind, dass du – Marion? Sie sah die Augen des Mädchens, sah sich selbst in diesen Augen – „Vater?“ – und für sich: Das bin auch ich! – „Vater?“ – Ja, er und ich, das sind auch wir, wir beide noch einmal, noch einmal wir. – „Hörst du nicht, Vater? Wir haben Besuch!“

Sie lächelt und geht auf die Kinder zu. „Steh nicht

so dumm da wie ein Ochse, wenn's donnert", raunt sie dem Sohn zu und stößt ihn mit dem Ellbogen an: „Sieh zu, dass du ihr trockene Sachen von dir besorgst." Der Junge rührt sich nicht.

„Michael!"

„Ja?" Der Junge blickt auf den Boden, dann zur Mutter, so hat er sie noch nie angeschaut. Endlich nickt er, „ja, Mutter, klar", ein Lächeln entsteht, setzt sich durch, er versteht – „ja, Mutter!" ruft er, „ich verstehe!", dreht sich um und stürmt die Treppe hinauf.

Sie blicken ihm nach, wie er zwei Stufen auf einmal nimmt – „komm", sagt die Mutter und legt Marion den Arm um die Schulter – wie er zwei Stufen auf einmal nimmt und oben beinahe fällt – : „Komm, Marion, es ist gut, dass ihr da seid!"

* * * * *

Die Fichten rauschten, böiger Wind fuhr über die Lichtung und drückte den Nebel in Schüben die Hangschneisen hinauf. Immer wieder bäumte er sich in den Kronen auf, ließ die Wipfel tanzen und lief in Wellen über die Höhen hin. Dann verebbte er, der Wald ruhte sich aus, bis eine neue Windwoge kam. Dorothea sah nach oben, Krähen strichen aus den Kronen ab, ein Schreien, ein Flügeln und Flattern entstand. Ihr war leicht ums Herz, Johns Erzählung hatte es ihr leicht gemacht, die Vergangenheit zu vergessen. Wo war das Heim, die Stadt, die gekachelten Flure, auf denen die Schritte von Frau Heidenreich hallten, als marschierten

Soldaten durch den Gang? Wo war das Zimmer mit den weißen Wänden, in dem sie vom Bett aus die pulsierende Leuchtschrift sah: „Mit Sicherheit nur Zimmerleit"? Sie blickte in die tanzenden Wipfel, bis ihr der Nacken weh tat und sie den Kopf an Johns Schulter lehnte. Aber nun tanzten die Bilder von Michael und Marion vor ihren Augen: Guten Tag, Michael, guten Tag, Marion. Und du, Engel, mit dem zerbrochenen Flügel, grüß dich Gott, kennst du mich nicht? Ich bin Dorothea, gebt mir die Hand, nehmt mich in eure Mitte und lasst uns zum Glockenbaum gehen.

„Nach Hause", sagte John neben ihr, „wir wollen nach Hause gehen." Er erhob sich und stieg langsam die Leiter hinunter, vorsichtig tat es ihm Dorothea nach. Sie spürte, dass John jede ihrer Bewegungen verfolgte, ein unsicherer Schritt, ein Fehlgriff nur, er hätte sie aufgefangen, er hätte sofort zugepackt. Ein Gefühl der Sicherheit erfüllte sie, sie konnte nicht mehr fallen, sie war aber auch kein Fall mehr, keiner dieser ungelösten Fälle in den Akten von Frau Heidenreich. Sie war ein Teil des Geschehens, von dem John und Marie erzählt hatten, ein Teil ihrer Geschichte, und diese Geschichte wurde immer mehr ein Teil von ihr. Sie gehörte dazu, sie gehörte ihr an, als hätte sie sie selber erlebt.

Als sie auf dem Weg standen, warf sie einen Blick zurück, als wäre der Hochsitz ein neuer Freund. John hatte wieder die Kiepe geschultert, Dorothea hielt den Klappspaten im Arm. Eine Zeitlang schwiegen beide, schließlich fragte sie: „Ist sie am Abend zu den Eltern zurückgekehrt?" John schüttelte den Kopf: „Michaels Eltern telefonierten mit der Pension, es wurde abgemacht, dass Marion über Nacht auf dem Ehmhof blieb. Sie hatte selber darum gebeten, und die Eltern hatten zugestimmt. Am folgenden Morgen wollten sie die Tochter abholen und am Nachmittag mit ihr zur Christvesper gehen. Damit waren alle einverstanden, Marion trug Hose und Pullover von Michael und wärmte sich am Kachelofen, die Backen wie Bratäpfel so heiß. Nun kam in der Wärme auch die Müdigkeit hinzu, immer wieder fielen ihr die Augen zu. Aber sie wollte auf keinen Fall schlafen, saß neben Michael und hörte zu, wie er vom Hof, von der Kirche und dem Krippenspiel sprach.

„Bald kalbt Linda", sagte er, „das ist die Kuh mit dem weißen Kopf, morgen früh zeige ich sie dir. Ihretwegen war ich bei Doktor Zimmerli, anders hätten wir uns niemals am Glockenbaum gefunden. Ich wäre den ganzen Abend zu Hause geblieben, wir säßen nicht hier und kennten uns nicht."

„Aber vorher war ich in der Kirche", antwortete Marion, und die Bilder der letzten Stunden tauchten wieder auf: Die Eltern an der Bahnstation, das Buchgeschäft mit dem Mann im schwarzen Mantel und dem breitkrempigen Hut. Sie wurden durch die Bilder vom Krippenspiel abgelöst, von der Suche nach dem verlorenen Engel, dem Irrweg auf die Wetteralm und dem Gefühl der Geborgenheit unter dem Glockenbaum.

„Das ist wahr", nickte Michael. „Wenn man die Wege, die zum Glockenbaum führen, in Gedanken zurückgeht, gibt es kein Ende; sie sind unendlich, bis in alle Ewigkeit." Eine Pause entstand. Und der Weg vor ihnen? Hatte der nicht ein Ende, irgendwo, irgendwann? Er ertappte sich dabei, dass er im Plural dachte und wunderte sich über das „Wir" und das „Uns". Waren es nicht zwei Wege, Marions und der seinige, die, wenn man sie zurückverfolgte, sich im Unendlichen verloren? Oder entsprangen sie der Unendlichkeit, jeder für sich, und wurden erst in der Endlichkeit zum gemeinsamen Weg?

Michael hielt verwirrt inne. Er hatte das Gefühl, dass Sinn und Unsinn durcheinander gingen. Da riss ihn Marions Stimme aus der Grübelei: „Ihr habt ja keinen Weihnachtsbaum!" rief sie, sprang auf und lief in die Diele, aber auch dort war kein Baum zu sehen.

„Der steht im Schuppen!" Michael folgte ihr und baute sich mit den Händen in den Hosentaschen vor ihr auf: „Heute morgen haben wir ihn ausgegraben, der Vater und ich. Wir hacken nämlich, musst du wissen" – er wippte auf den Zehen wie ein Seemann, der den Prim ausspuckt – „wir hacken nämlich keine Bäume um. Das haben wir nie getan!" Stolz klang in seiner Stimme, doch es war ein brüchiger Stolz. Hatte ihn nicht erst Marion auf die Schleifen in der Schonung aufmerksam gemacht? Bis dahin war ihm der Tod der Weihnachtsbäume nicht bewusst gewesen, erst Marion hatte ihn darauf gebracht. Er seufzte, als er im Bett lag und die Erlebnisse überdachte. Es war doch sehr viel, was man im Leben lernen musste, dieser Tag jedenfalls war mit Erfahrungen voll! Zuerst die Probe in der Kirche, darauf der Engel auf dem Weg, dann Marion am Glockenbaum und die Weihnachtsbäume auf der Wetteralm – er grübelte, die Bilder kreisten, alles erschien schwierig, nur nicht der Schlaf, der ihn ohne sein Wissen wie eine Befreiung überfiel.

„Ist es weit bis zum Glockenbaum?" John blieb stehen und sah Dorothea nachdenklich an. Ihre Frage kam von weit her aus einer anderen Welt. Einer anderen Welt? Im Gegenteil! War Dorothea nicht in die Geschichte eingetreten wie in ihr gemeinsames Haus? Er deutete auf den Weg, den sie eben zurückgelegt hatten: „Hast du ihn nicht gesehen, als wir auf dem Hochsitz saßen? Im Sommer wächst das rötliche Gras mannshoch und mitten darin steht der Glockenbaum. Er hat schon manchen Holzfäller überlebt und steht seit langem unter Naturschutz. Inzwischen steht hier alles unter dem Schutz der Natur."

„Und die Weihnachtsbäume?" fragte Dorothea.

John lächelte: „Geduld, davon erzähle ich noch." Sie setzten den Weg fort und erreichten bald den Waldrand, der den Blick über das Tal freigab. Es glich einem kostbaren Gefäß mit rotbraunen Rändern, dessen Grund nicht zu erkennen war. Auf der Dunstschicht hatten sich flockige Wolken gebildet, langsam trieb sie der Wind wie über blankes Eis. Dorothea stand und staunte. Vereinzelt blitzten Lichter auf, am Grunde des Tals musste es dämmrig sein, die Autos fuhren mit Licht.

„Für Michael wurde es an diesem Abend spät", sagte John. „Nicht nur Gedanken wirbelten ihm durch den Kopf und wollten keine Ruhe geben, er hörte auch Stimmen in der Nacht, die ihm zuriefen: Michael, bist du nicht ein Engel? Müsstest du nicht singen, anstatt bloß zu reden? Müsstest du nicht den Großen Lobgesang anstimmen? Lass nicht die Flügel hängen, Erzengel

Michael! *Breit aus die Flügel beide*? Noch jedem wurden sie im Leben gestutzt. Durchstarten, denkst du, wie? Aber wohin? In den Himmel oder nur bis zum Mond? Michaels Mondfahrt – du bist mondsüchtig, Michael!

Er hielt sich die Ohren zu, aber die Augen konnte er auf Dauer nicht zukneifen. Er musste sie öffnen und wieder ins Mondlicht starren, das als silbernes Rechteck über dem Bett an der Wand hing. Jawohl, es hing dort wie ein Bild ohne Rahmen, ein rahmenloses Bild aus Silberpapier. Der Himmel über dem Tal war kalt und klar, einzelne Sterne leuchteten wie eingebettet in schwarzem Samt. Er wusste, dass die Sterne riesige Sonnen waren – wie groß musste da der Weihnachtsstern gewesen sein! Ein Komet mit ungeheurem Schweif, ein stürzender Stern, der eine Lichtschleppe hinter sich her zog. Glich er nicht Luzifer, dem gefallenen Engel und Lichtbringer der Welt?

Michael schrak hoch. Hatte ihn jemand gerufen? Marion? Stille. Nur von unten aus der Diele der Stundenschlag der Standuhr. Du, Marion? Nein. Marion lag in der Stube neben der Ofenbank, dort, wo sie vor Müdigkeit umgesunken war. Stille, nur der Wind, der Wind rüttelte an den Dachschindeln, die Tür vom Schuppen sprang auf. Ist da jemand? Michael erhob sich und trat ans Fenster. Der Mond war unscharf geworden und hatte einen Hof gebildet, dämmriges Zwielicht lag über dem Tal. War es hell oder dunkel, dämmerte der Morgen herauf? Ja, der Heilige Morgen graute, alles ergraute in einem kalten, undurchsichtigen Grau.

Fröstelnd ging er zurück ins Bett, die Hand tastete nach dem Engel, der auf dem Bücherregal stand. Es ist kalt, Engel, sagte er, du bist kalt und frierst. Er fuhr mit dem Finger über die Bruchkante hin, dort, wo die Spitze des Flügels beim Sturz abgebrochen war. „Tut es weh?" fragte er flüsternd, er spürte, wie die Traumbilder zurückkehrten, tief wühlte er sich in die Decke ein. „Aber es wird heilen, alles wird heil, das verspreche ich dir" – der Engel schwieg – „und dass ich sie getroffen habe, oben am Glockenbaum, das verdanke ich dir" – der Engel schwieg – „es ist ein Wunder, dass wir uns gefunden haben, du und ich und Marion, ich meine, Marion, du und ich. Sie liegt unten und wünscht sich, dass die Weihnachtsbäume" – der Engel schwieg – „dass die Bäume keine Weihnachtsbäume sein müssen" – der Engel schwieg – „dass die Fichten mit den Schleifen nicht abgeholzt werden, und ich habe ihr versprochen, dass du" – der Engel schwieg – „dass du sie beschützt" – der Engel schwieg – „dass du sie behüten und schützen wirst. Morgen, heute morgen werden sie abgesägt, es müssen Hunderte sein!"

Der Gedanke überwältigte ihn bis in den Traum. Er sah sich mit Marion in der Schonung die Schleifen lösen, der Wind riss sie fort und wirbelte sie als weiße Wolken durch die Luft. Er blickte ihnen nach, wie sie zu Hunderten, zu Tausenden, zu Hunderttausenden tanzten und wie kleine Engel durch die Lüfte flügelten, wie sie über die Schonung, die Hänge, die Berge trieben und vom Kelchen hinunter ins Tal schwebten – Myriaden von Flügelpaaren, Legionen von Engeln, die sich überall niederließen – *Und alsobald waren bei ihnen die himmlischen Heerscharen* – Engel, ich danke dir – *die lobten Gott und sprachen: Ehre sei Gott in der Höhe* – ja,

Ehre und Dank, Engel, ich danke dir!

Ein Ruf – was hatte er gerufen? Hatte er sich selber etwas zugerufen? Michael, was hast du gerufen? Er fuhr im Bett hoch – Stille. Er hörte sein Herz bis in die Schläfen hämmern, ein Dröhnen war in seinem Kopf. Im Haus herrschte Stille, obwohl es schon dämmrig war, ein milchiges Licht schwamm im Raum und sickerte durch die Fensterläden, lichter, viel lichter als sonst um diese Zeit. War der Mond so hell oder der Nebel – Nebel?

Michael sprang mit einem Satz aus dem Bett und riss die Vorhänge auf – Wolken von Schneeflocken tanzten in der Luft! Auf dem Stall, dem Schuppen lag eine dichte Decke, die Pfähle vom Gartenzaun hatten weiße Hauben auf und die Apfelbäume auf der Weide trugen einen dichten Pelz. Und es schneite weiter, unaufhörlich weiter, hin und wieder fuhren Böen über den Hof und häuften Schneewehen auf. Es schien kalt zu sein, die Flocken fielen fein und locker, auf der Wetterseite kroch der Schnee die Stallwände hoch. Drüben, wo der Wind scharf über die Hänge strich, mussten die Wege unpassierbar sein.

Michael stand und starrte in das immer heftiger werdende Treiben, bis er nichts mehr sah und ihm die Augen tränten. Plötzlich wandte er sich mit heftiger Bewegung um, riss den Engel an sich, blieb einen Augenblick stehen, als habe ihn ein Gedanke gelähmt, ließ sich ins Bett fallen und zog die Decke über den Kopf. Ihn fror, er zitterte vor Kälte, doch beruhigte er sich bald. Braune Dämmerung und dumpfe Wärme umgaben ihn, er hatte das Gefühl, unsichtbar zu sein. „Engel", flüsterte er stockend, „das vergesse ich mein Lebtag nicht!"

Und der Schnee fiel und fiel. In dichten Schleierwolken führte ihn der Wind heran, es war, als lösten sich Staublawinen vom Kelchen ab und ebneten das Profil der Hänge ein. Wenn das so weitergeht, dachte Michael, wird bald das ganze Tal mit Schnee gefüllt sein.

„Stimmt", sagte der Vater. Er war von draußen in die Diele getreten und klopfte sich die Jacke ab. „Für Doktor Zimmerli ist kein Durchkommen mehr, auch zur Pension kann man erst hinüber, wenn die Schneepflüge gefahren sind. Aber das wird bis Mittag dauern, vielleicht sogar bis zum Nachmittag."

„Und zur Wetteralm? Kann man da ebenfalls nicht hinauf?" Michael wusste die Antwort im voraus, doch wollte er, dass auch Marion sie vernahm.

„Ausgeschlossen!", lachte er. „Du kannst froh sein, wenn du es zur Christvesper schaffst, bevor auch die Kirche eingeschneit ist."

Sie standen in der Stube, Marion saß auf der Ofenbank, ihr Gesicht strahlte wie die Kacheln wohltuende Wärme aus. „Und wenn hier erst einmal Schnee fällt", fügte Michael mit einem Seitenblick auf sie an, „dann bleibt er bis zum Frühjahr liegen. Du hast ja gehört, niemand kann zur Schonung hinauf, und Weihnachtsbäume zu schlagen, ist vollkommen unmöglich." Seine Stimme klang ruhig, es war eine sachliche Ruhe, die keinen Triumph aufkommen ließ. Marion nickte, als nähme sie die Worte als Selbstverständlichkeit hin, da klingelte das Telefon, die Eltern waren am Apparat. Sie sprachen erst mit Michaels Mutter, dann auch mit Marion.

„Sie werden direkt zur Christvesper kommen", sagte die Mutter, „und bitten darum, dass du Marion mitnimmst, Michael. Hoffentlich hört bis dahin der Schneesturm auf."

Sie deutete nach draußen, das dichte Grau war an manchen Stellen durchbrochen und ließ wie bei einem zerschlissenen Vorhang hin und wieder einen Durchblick zu bis ins Tal. Noch immer fiel Schnee, doch hatte sich der Wind gelegt und die Flocken sanken langsam, fast senkrecht herab. Schwindel ergriff Michael, er schloss die Augen und hatte das Gefühl, dass nun die Flocken zurück in den Himmel flögen. Es war ein Fallen nach oben – ließ die Anziehung der Erde nach, nahm die Schwerkraft des Himmels zu?

„Kannst du auch den Lobgesang ohne zu stocken?" fragte der Vater.

Michael nickte: „Ja, Vater, bestimmt."

„Gut. Vielleicht solltest du ihn Marion zur Sicherheit aufsagen?"

Aber Michael schüttelte so heftig den Kopf, dass der Vater die Kinder überrascht ansah. Ehe er nachfragen konnte, sagte die Mutter zu Marion: „Deine Schuhe sind trocken, zieh dich an, ich glaube, Michael will dir Linda zeigen, bevor sie heute noch kalbt."

Michael nickte, in Wahrheit hatte er Linda vergessen, nun fiel sie ihm wieder ein. Oft hatte die Mutter viel bessere Einfälle als er, vor allem zur richtigen Zeit. „Ja", nickte er dankbar und nahm Marion bei der Hand. „Ich glaube, das Kälbchen kommt zur Heiligen Nacht."

Neujahr

„Ist es wirklich gekommen?" Dorothea rutschte vor
Ungeduld auf dem Stuhl hin und her. Sie saßen beim
Mittagessen, John sah Marie an und schwieg.

„Wirklich und wahrhaftig", lächelte Marie, „es hat
am Heiligen Abend das Licht der Welt erblickt."

„Du greifst vor", fiel ihr da John ins Wort: „Der
Schneefall hörte am Vormittag auf, eine klare Sonne
stürzte sich vom blassblauen Firmament. Das Tal glich
an diesem Vorweihnachtstag einem kristallenen Spiegel, in dem sich alles Licht der Schöpfung zu sammeln
schien. Michael stand im Hof und kniff geblendet die
Augen zu, ihm schwindelte vor lauter Helligkeit. Konnte man schwindlig werden vor Licht? Licht war es auch
in ihm, so hell und licht, dass er glaubte, sein Gesicht
müsse weiß glühend sein.

Ich leuchte wie eine Lampe, wie ein Lampion, sagte
er zu sich selbst, ärgerlich stieß er die Schaufel in den
Schnee und stemmte die Arme in die Hüften: Immer
sieht man mir alles gleich an! Sein Atem ging damp-
fend, er hatte das Gefühl, als würde er gefrieren und
sich als Rauhreif auf Gesicht und Haar niederschlagen.
Noch war er mit dem Weg nicht fertig, den er vom
Haus zum Schuppen grub. Er sah wie ein Stollen aus,
kaum schaute Michael über den Rand. Aber so konnten

die Eichenkloben aus dem Schuppen geholt werden, zu Weihnachten brannte nicht nur der Kachelofen, sondern auch der Kamin.

Er wandte sich nach links zum Stall, von dort war Marions Stimme zu hören. Sie sprach mit Linda, die unruhig war und hin und wieder ein Brüllen hören ließ. Tief atmete er die Schneeluft ein, auch sie war rein und klar, eine blaue Glocke wölbte sich über dem Tal. Fast schmerzte die Lunge, wenn er die Luft einsog – die Lunge? Das Herz, das Herz schmerzte ihm vor lauter Glück! Es war licht wie die azurne Kuppel über dem Tal, zugleich von großer Zerbrechlichkeit.

Gelobt seist Du, Herr,
mit allen Wesen, die Du geschaffen ...
War er sich seines Lobgesangs sicher?
... Vor allem für unsere Schwester, die Sonne ...
Ganz sicher. Hatte ihn nicht der Engel mit seinem Flügel berührt?
... Für unsere Schwester, die Sonne, die uns den Tag heraufführt und mit ihren Strahlen erleuchtet ...

Ja, leuchtend und heilig war dieser Tag, vom ersten Augenblick an, da Michael aus dem Bett gesprungen war und den Schnee gesehen hatte. Galt das nicht auch vom gestrigen Tag? Er hatte Marion in der Kirche gesehen und dann unverhofft wieder am Glockenbaum – es war ein Wunder, sie war da gewesen und da geblieben, am Nachmittag, am Abend, in der Nacht und sogar heute, am Heiligen Morgen, selbst jetzt war sie noch da – wirklich, war sie wirklich da? Stille lag über dem Hof, dem Tal, Totenstille überall! Dieses tückische Weiß und die schwere Schneedecke, unter der das Leben erstickte, darüber die tote Himmelsglocke aus graublauem Kristall – regte sich irgendwo ein Hauch? Nein, nichts. Das Licht war kalt, ein kaltes Kirchhofsweiß, dazu die eisige Stille im riesigen Friedhofsrund ...

„... Marion?"

Nichts, Stille, er hörte nichts.

„Marion!" Er warf die Schaufel fort, stürzte sich in das tödliche Weiß – „Marion!" – ja, er stürzte, stürzte weiter, er fiel und stürzte im Stall auf sie zu ...

„... Marion, Gott sei Dank! Da bist du – du bist da!"

„Michael?"

Mein Name klingt schön in deinem Mund, wunderschön ist es, wenn du mich bei meinem Namen rufst.

„Ja?"

„Was ist?"

„Ich weiß nicht, es ist nichts."

„Hast du mich nicht gerufen?"

„Nein, du."

„Du auch."

„Ja."

Sie war aus dem dämmrigen Stall nach draußen geeilt, er war ihr geblendet von der Helle ins Dunkel entgegengestürzt – auf der Schwelle trafen sie sich, fast prallten sie aufeinander. Du? Du! Sie ist wirklich da, dachte er, und vorgestern kannte ich sie nicht einmal, vorvorgestern auch nicht und davor ebenfalls nicht – zehn Jahre, mehr als zehn Jahre habe ich sie nicht gekannt! Und wir begegnen uns auf der Grenze von Licht und Schatten, hier auf der Lichtschwelle treffen wir uns! Er griff sich an den Kopf, er begriff nichts, nein, ich verstehe nichts ...

... Gelobt seist du, Engel ...

„Komm", sagte er, ...

... Mit allen anderen Engeln der Welt,

„Komm, lass uns nach draußen gehen" ...

... Der du mich gefunden und geweckt, der du mich auferweckt hast...

„Bald müssen die Schneepflüge fahren"...

... Der du uns geführt und zusammengeführt hast (hoffentlich fahren sie nicht, bis zum Frühling nicht, damit die Eltern nicht kommen, damit sie nicht zu uns durchkommen und sie holen, sie abholen, für immer wegholen) oben am Glockenbaum, vor wie langer, für wie lange Zeit?

Es begab sich aber zu der Zeit ...

Zu welcher Zeit, Engel?

... Dass alle Welt geschätzet würde ...

Ich werde von deiner Botschaft künden, sie verkünden, ich werde dich verkündigen, ohne zu stocken, zu verstocken ...

... Da machte sich auf auch Joseph aus Galiläa ...

Von ihr, von hier und heute geht sie aus, deine Botschaft ...

... Und es waren Hirten auf dem Felde, die hüteten des Nachts ihre Schafe ...

Du hast mich gefunden, ich aber habe dich verletzt!

... Und siehe, der Engel trat zu ihnen, und die Klarheit des Herrn umleuchtete sie ...

Du hast mich geführt, du hast uns zusammengeführt ...

... Und der Engel sprach zu ihnen: ...

Dort unter dem Glockenbaum ...

... Fürchtet euch nicht, siehe ich verkündige euch große Freude ...

Und zuvor in der Kirche, im Hause des Herrn ...

... Denn euch ist heute der Heiland geboren, welcher ist Christus der Herr ...

Sie dort, in der dritten Reihe ...

... Und das habt zum Zeichen, ihr werdet finden ...

Ich hier, neben dem Altar ...

Groß und schön stand er da mit den blonden Haaren und seinem weißen Gewand, alle Welt hing an seinen Lippen – niemand aber so sehr wie sie.

Marie hatte den Kopf geneigt, als sei sie erschrocken, dass sie John ins Wort gefallen war. Dorotheas Blick ging zwischen beiden hin und her, eine Weile herrschte Schweigen, auch John schwieg sich aus. Da hob Marie den Kopf und sah ihn an – ein junger Blick, dachte er, noch immer stürze ich in diese dunklen Augen und ihre Abgründe der Erinnerung.

„Marion war es sehr warm", sagte Marie, ohne den Blick von John zu wenden, „die Kirche war zur Christvesper bis auf den letzten Platz besetzt. Der Küster hatte das Licht gelöscht, nur die Kerzen brannten und heizten den Raum zusätzlich auf. Wie schön der Engel war – der Engel? Ihr Engel war fort! Marion hatte den Küster gefragt und selber die Bänke, den Fußboden abgesucht, während Chormitglieder die Gesangbücher austeilten und die ersten Kirchgänger ihre Plätze eingenommen hatten. „Einen Engel?" Erstaunt hatte der Küster den Kopf geschüttelt: „Nicht dass ich wüsste. Engel gibt es hier in der Kirche nicht."

Das ist nicht wahr, hatte sie rufen wollen, dann aber die Antwort unterdrückt. Die Eltern waren zur Christvesper gekommen, mühsam hatten sie den Weg durch den Schnee zurückgelegt. Was für ein Wiedersehen! Wann hatten sie sich getrennt? Gestern, vorgestern, vor einem Jahr? Sie wollte sprechen und erzählen, aber der Vater hatte den Finger auf die Lippen gelegt und geraunt: „Still, in der Kirche spricht man nicht." Wieder hatte sie sich auf den Platz in der dritten Reihe gesetzt, zwischen den Eltern, der Vater rechts, die Mutter links.

Kommet ihr Hirten, ihr Männer und Frauen ..., sang der Chor auf der Empore, der Gesang brauste durch die Kirche, dass die Kerzen auf dem Baum zu flackern begannen. Die Hirten hatten sich auf die Altarstufen gelagert, der Engel stand erhöht, und die Klarheit des Herrn umleuchtete ihn ...:

Gelobt seist Du, Herr,
durch Bruder Feuer, durch den Du
zur Nacht uns leuchtest ...

Engel des Herrn? Nein du, Michael, der du mich oben am Glockenbaum fandst ...

Schön und freundlich ist er am wohligen Herde ...

Schön war er, seine Stimme klang wie eine Glocke, eine Glocke aus Erz ...

Mächtig als lodernden Brand ...

Nichts rührte sich in der Kirche, alle lauschten dem Großen Lobgesang. Selbst die Kerzen schienen nicht mehr zu knistern, als brennten sie in einem luftleeren Raum. Und die Zeit hielt den Atem an ..."

„... Nur er selber nicht", fügte John hinzu, „Michael hielt den Atem nicht an, im Gegenteil. Bin ich nicht zu leise, fragte er sich, wenn alle Welt die Botschaft hören soll? Am Ende hört mich nicht einmal sie, sie in der dritten Reihe mit den dunklen Augen: Marion! Während ihm diese Gedanken durch den Kopf fuhren, verwirrte sich alles wie ein Wollknäuel, mit dem die Katze spielt.

Gelobt seist Du, Herr (ja, gelobt – aber wie weiter?) ...

Für Deine Engel, Herr, die Du uns schickst, auf dass sie uns finden bei Tag und bei Nacht (richtig, so ging es weiter) ...

Die uns Deine Herrlichkeit künden, so lange die Welt besteht (stimmte das? Es sang sich jedenfalls wie von selbst – Es?) ...

Gelobt seist Du, Herr, für unsere Brüder, die Bäume (wie geschmiert sang sich der Gesang, er, Michael, war selbst der Gesang) ...

Die Schutz und Schatten gewähren, bei Tag und bei Nacht (die Fichtenschonung, die Weihnachtsbäume, der Glockenbaum – stimmte das denn? Ja, aber „Schatten bei Nacht"? Was für ein Unsinn!) ...

Die uns das Erdreich zusammenfügen (war das wahr?) ...

Und uns das Wasser rein erhalten (das stimmte – heiliger Franz von Assisi, wie wahr ist dein Gesang!) ...

So wie die Luft, die wir atmen (auch das stimmte! Hielten nicht die Bäume die gesamte Atemluft rein?) ...

Und die für das Leben ein Gleichnis sind ...

Er hatte ihn wieder gefunden, er hatte sich wieder hineingefunden in den Gesang, seinen Großen Lobgesang: Gelobt seist Du, Herr, für alles, was zusammengehört, was Dir gehört, was durch Dich für immer einander angehört ...

Danket und dient Ihm mit großer Demut (warum Demut?) ...

Danket und lobt ihn mit großem Mut!

Welch ein Gesang, klang es in Marion wieder, was für ein unerhörter Engelsgesang! Noch als sie aus der Kirche in den kalten Winterabend trat, war ihr, als füllte die Stimme des Engels die Sternennacht aus, die Tiefe des Weltenraums, des unendlichen Alls.

„Mutter?"

„Ja?"

„Mutter, ich war am Glockenbaum ..."

„Gott sei Dank, Kind, dass du wieder da bist!"

Schweigen.

„Mutter?"

„Was ist?"

„Der Engel ..."

„Weiß Gott, ja – Marion?"

„Ja, Mutter?"

„Tu das nie wieder. Tu uns das nie wieder an!"

„Was, Mutter?"

„Dass du verloren gehst, dass du dich einfach im Wald verlierst."

„Ich habe mich nicht verirrt, Mutter ..."

„Wir hatten solche Angst um dich!"

„Weil mich der Engel ..."

„Verstehst du das nicht?"

Sie standen auf dem Kirchhof, die verschneiten Gräber glichen weißen Wellen, einer leichten Dünung, die gegen die Kirchenmauer anlief. Hier und da waren Kreuze zu erkennen, die gestern noch vor Nässe geglänzt hatten; jetzt wirkten sie im Dämmern wie weich wattiert. Marion hatte die Hand der Mutter ergriffen, die Mutter blieb stehen und sah sich um. „Wir wollen auf den Vater warten", sagte sie.

„Warum hattet ihr Angst?" fragend sah Marion die Mutter an, aber die Mutter antwortete nicht. Sie hatte Marions Hand losgelassen und war den Weg zur Kirche zurückgeeilt, um nach dem Vater zu schauen. Die Menschen standen in Gruppen am Eingang und tauschten Weihnachtsgrüße aus.

Marion sah der Mutter nach, sie fror, aber in ihr war es hell. Sie fühlte sich licht und leicht, als sie Michael aus der Sakristei kommen sah; mit großen Schritten stapfte er auf sie zu.

„Bleibst du heute Abend bei uns?"

„Ja."

Sie standen eine Weile stumm beieinander und sahen sich an. Der Atem formte sich als Wolke um ihre Köpfe und legte sich als silberner Reif auf den Mantelkragen. Es war kalt, Michael stampfte mit den Füßen, er spürte die Kälte von unten emporsteigen, als stünde er ohne Stiefel auf blankem Eis. Er nahm Marions Hand: „Komm!" – Hand in Hand gingen sie auf die leere Kirche zu. Die Lichter waren erloschen, die Fenster starrten sie an, still zog die Heilige Nacht aus der Kirche in die weite, winterliche Welt. Die Menschen hatten sich verlaufen, nur wenige standen noch auf dem Vorplatz beisammen, Marions Eltern und Michaels Mutter unterhielten sich.

„Mutter?" Dicht drängte sich Michael an sie heran.

„Was ist, mein Sohn?"

Michael antwortete nicht. Er ergriff die Hand der Mutter heftig und hart, es war ein fordernder Griff, der die Mutter schmerzhaft durchfuhr. Sie löste sich von ihm und strich mit der Hand über sein Haar; das hatte sie lange nicht getan. Die Berührung beruhigte ihn, es war, als ob sie gesagt hätte: Sei ruhig, mein Junge, es ist für alles gesorgt. Aber sie sagte etwas anderes: „Setz deine Mütze auf, es beginnt wieder zu schneien."

Marion hatte den Blick von Michael nicht abgewandt, sie fröstelte und schlug sich die Arme um die Brust. Nach einigem Zögern unterbrach sie die Eltern:

„Vater?"

„Was ist, Marion?"

„Ich bleibe bei Michael."

* * * * *

„Und das Kälbchen?" fragte Dorothea.

„Es war eben geboren, als sie zurück zum Ehmhof kamen", John nickte: „Der Vater und Doktor Zimmerli standen noch im Stall, der Arzt war mit dem Schlitten den Umweg vom Tal herauf gekommen, da die Wetteralm unpassierbar war; nie hatten Marion und Michael einen schöneren Weihnachtsabend erlebt. Später ..."

„... Später, wenn sie an dieses Fest zurückdachten", unterbrach ihn Marie, „waren beide oft im Zweifel, ob sie es geträumt oder wirklich erlebt hatten. Aber dann legte ihr Leben Jahr für Jahr Zeugnis davon ab, was an diesem Weihnachtsfest geschehen war."

„Dabei gehört das Träumen zum Leben dazu. Wer nicht träumt, erlebt nichts." John hatte sich erhoben, auch Marie stand auf: „Ich muss noch ins Dorf", sagte sie, „der Kaufmann macht schon am Nachmittag zu ..."

„Kam sie wieder?" Dorothea sah unsicher von einem zum anderen, etwas Vorwurfsvolles lag in ihrem Blick.

„Wer?"

„Marion! Ob sie später wiederkam?"

John nickte. „Sie hatte ja gesagt, dass sie bei Michael bleiben wollte, nicht nur ..."

„... Der Kaufmann macht heute schon um drei Uhr zu."

„... am Heiligen Abend, auch an den Tagen nach Weihnachten, bis zum Neujahrstag. Der Weg vom Ehmhof zur Pension war nicht weit, der Schneepflug hatte eine tiefe Schneise durch die Verwehungen gefräst. Am Silvesterabend kamen Marions Eltern auf den Hof, bis nach Mitternacht saßen alle um den Weihnachtsbaum. Am Neujahrstag erfolgte der Abschied. Die Angst davor hatte Michael tagelang wie ein Schatten begleitet, doch das wurde ihm erst später klar, als das neue Jahr als weiße Wüste vor ihm lag." John verstummte, die Standuhr in der Diele schlug zwei.

„Kommst du mit?" fragte Marie.

„Wohin?" Dorothea blickte verwirrt auf. Sie war in Gedanken bei Michael und Marion, ihr war, als hätte sie sich in der Geschichte verirrt.

„Ins Dorf, zum Kaufmann. In einer Stunde sind wir zurück."

Dorothea sprang auf und lief die Treppe zu ihrem Zimmer hinauf. Sie versuchte, zwei Stufen auf einmal zu nehmen, stolperte, fing sich, drehte sich um und rief: „Ich komme gleich!"

John half Marie in den Mantel, einen Augenblick standen sie sich schweigend gegenüber. Ihre Augen, dachte er, diese dunklen Sonnen mit den Lichtpunkten auf dem Grund ...

Noch immer liegt der trotzige Zug um seinen Mund, sie lächelte, als sie die Erinnerung an den Jungen von damals wie ein Schock überfiel: Michael, jung wie am ersten Tag! ...

Ihre Augen nehmen die Zeit in sich auf, wie die Sonne den Tau, wenn sie die Blumen am Morgen wach küsst ...

Selbst das Lächeln hat sich nicht von seinem Trotz gelöst ...

Beide sahen sich unverwandt an. War es so? fragten ihre Augen, was zählen die Jahre?

Es war so, antwortete sein Blick. Die Jahre zählen nicht, sie erzählen von der gemeinsamen Zeit. Zweifelst du?

„Fertig!" rief Dorothea, hüpfend kam sie die Treppe

herunter.

Nein, las er in ihrem Gesicht ...

„Nein, so was!", Marie öffnete die Tür: „Es regnet noch immer!" Sie kehrte um, nahm den Schirm, spannte ihn auf und nickte John zu: „Bis nachher, dann schmücken wir den Baum."

Sie nahm Dorothea an die Hand, beide tragen zögernd in das windige, grau schraffierte Wetter hinaus. John blickte ihnen nach, außer Marie und Dorothea war niemand zu sehen, oder doch? Ihm war, als sähe er einen Wanderer mit schwarzem Umhang und breitkrempigem Hut; wie eine Wolke bauschte sich der Mantel im Wind. Ohne aufzublicken bog der Passant in den Steinweg ein und ging hinter Marie und Dorothea her.

John starrte ihm nach, bis die Gestalt im Nebel verschwunden war. Jeder, der ihn so gesehen hätte, wäre verwundert gewesen, dass Johann Wildreuter, Bürgermeister von Egesdorf, so lange in die Dämmerung schaute, an der es außer den Windstößen, die die Nässe vom Kelchen herüberschickten, nichts, aber auch gar nichts bemerkenswert war. War der Mann im schwarzen Mantel nicht Einbildung gewesen, eine dreißig Jahre alte Phantasiegestalt von Marie? John hatte nie etwas dazu gesagt, wenn sie die Begegnung im Buchgeschäft erwähnte, doch hatte er sich seinen Teil gedacht. Sicherlich hätte der Wanderer gegrüßt, wenn es sich um jemanden gehandelt hätte, der aus Fleisch und Blut gemacht war. Was sollte er sich mit Gespenstern abgeben? Waren nicht Marie und Dorothea sein Ein und Alles, ohne das es keine Wirklichkeit gab?

Doch der schwarze Passant blickte weder zurück noch lüftete er den Hut. Er wäre auch erstaunt gewesen, hätte er bemerkt, dass John so lange in der Tür stehen blieb und in die Dämmerung starrte, als hielte er Ausschau nach einem verspäteten Gast. Vielmehr folgte er der Frau und dem Mädchen, die Hand in Hand vor ihm hergingen, offenbar in ein Gespräch vertieft. Wäre der Abstand geringer gewesen, hätte der Passant die Frau besser verstanden. So aber hörte er nur, wie sie abschließend sagte: „Dieser Abschied war einer von den *anfänglichen* Abschieden, die das Gegenteil von den endgültigen sind. Weißt du, was ein Abschied nach vorne ist, ein Abschied, der einzig und allein dem Wiedersehen gilt?"

Bestimmt nicht, dachte der Passant, und zog den breitkrempigen Hut tiefer in die Stirn. Dieser böige Wind! Warum fuhr er in die Sätze, und zerriss dauernd ihren Sinn? Er hätte laufen, er hätte hinter ihnen herlaufen müssen, um das Weitere zu verstehen. Vielleicht hätte er einen Zwischenspurt einlegen, an der Wetterstiege die Abkürzung nehmen und dicht hinter den beiden abbremsen müssen um zu erfahren, was sich mit der Geschichte weiter begab? Oder wusste er, was geschah und noch geschehen würde, kannte er den roten Faden durch das Labyrinth der Zeit?

„Aber auch der Abschied nach vorn war kein leichter Abschied", fuhr Marie fort: „Der Motor lief, der Vater saß am Steuer, die Mutter neben ihm. Sie hatte die Sonnenblende heruntergeklappt und betrachtete sich im Spiegel. Sorgfältig zog sie die Lippen nach, als wollte sie dadurch ihre Unruhe verbergen. Marion saß im Fond des Wagens, das Fenster war heruntergelassen, sie schaute zum Ehmhof hinüber, wo Michaels Eltern standen und ihr zuwinkten. Ihr war, als kennte sie sie so lange wie die eigenen, oder sogar länger schon? Hatte sie nicht inzwischen zwei Elternpaare? Beide waren ihr vertraut – galt das auch umgekehrt? War sie nicht den eigenen Eltern im Grunde immer noch fremd? Wo blieb Michael? Michael, wo bist du?

Der Vater fuhr an – „Vater, warte!" – langsam rollte der Wagen den Zubringer zum Steinweg hinab: – „Michael!" – Marion hatte sich weit aus dem Fenster gebeugt und „Michael!" gerufen. Konnte er sie noch erreichen? Sie streckte ihm die Hand entgegen – Michael war schnell! Plötzlich war er aufgetaucht, mit einem Päckchen in der Hand: „Marion!" Der Wagen fuhr – „Vater, Halt!" – er rannte hinterher, schien auf dem festgefahrenen Schnee auszurutschen – „Vater, warte! – Michael!" – „Marion!" – der Wagen hielt, Gott sei Dank! – „Michael!" – „Marion!" – „Deine Hand, Michael, gib mir deine Hand! Nie wieder will ich sie loslassen, nie wieder soll sie mich loslassen – Michael!" – „Marion! Hier das Päckchen, du weißt schon, zu Weihnachten und zum Neuen Jahr!" – „Ich weiß schon?" – „Auf Wiedersehen!" – „Ich weiß schon? Woher, Michael?" – „Auf Wiedersehen!" – „Wir sehen uns wieder, nicht wahr?" – „Immer wieder, ja!"

Der Wagen rollt – Michael, lass los, du stürzt! Ich lasse dich los, damit du nicht fällst! Heiliger Erzengel Michael, ich lasse ihn los, damit er nicht stürzt, wir lassen

121

uns los, Michael, auf dass du nicht fällst! Aber niemals für immer, Michael, nur auf Zeit, damit du nicht fällst, wie Luzifer fällt, mein Engel, du – – du, mein Engel?

Starr vor Staunen betrachtet sie das Geschenk, es ist *ihr* Engel, er sieht sie an."

Marie schwieg, Dorothea hielt neben ihr Schritt, manchmal hüpfte sie, um auf gleicher Höhe zu sein. „Ja, er war es, der verlorene, der gefundene, der wieder gefundene Engel! Ein Zettel lag neben ihm im Geschenkpapier, auf dem mit großen Buchstaben stand: „Für dich. Du weißt schon. Michael." Wusste sie wirklich, dass ...? Nein. Oder doch?

* * * * *

Vielleicht hätte der schwarze Passant die Frage beantworten können, wenn er sich beeilt und rechtzeitig zu Mutter und Tochter aufgeschlossen hätte. Zumindest hätte er dieses und jenes erfahren, doch er erreichte die beiden erst im Dorf vor dem Supermarkt, den Marie soeben betreten hatte. Dorothea blieb draußen und betrachtete die Auslagen. Bald schlenderte sie weiter und blieb vor dem Buchgeschäft stehen, das schräg gegenüber der Kirche lag. Im Laden sah sie ein Mädchen, das bis aufs Haar ihrem Spiegelbild glich. Auch den schwarzen Passanten erkannte sie wieder, er saß an einer der Tische, an denen die Kunden in den Büchern blättern konnten. Durch die Scheibe wirkte das Gesicht des Mädchens wie das einer Suchenden, zugleich hatte es einen verträumten Zug. Als sich beider Blicke trafen, lächelten sie einander zu, als wären sie sich seit langem vertraut. Auch der Passant schien sie zu kennen, er griff an den Hut und verneigte sich leicht.

Allerdings hatte sich Dorothea den Hut größer vorgestellt, sonst aber glich der Mann im schwarzen Mantel genau ihrer Vorstellung. Während sie noch darüber nachsann, trat ihr Spiegelbild von innen auf sie zu. Das Licht im Laden war trübe, Regen stäubte heran, der Tag schien zu verenden, still zog er sich in die violette Dämmerung zurück. Einzelne Lichter flammten in der Scheibe auf, die Umrisse der Schule traten deutlich hervor. Nun war ihr Bild nur noch als Silhouette zu erkennen, die Gesichtszüge verschwammen, doch das Profil blieb scharf wie im Schattenriss.

Sie wandte sich um, lief über die Straße und betrat den Schulhof, der eingezäunt war. Der schwarze Passant blickte ihr nach und sah, wie sie den spiegelnassen Asphalt überquerte, als eilte sie auf unsichtbarer Brücke über einen matt schimmernden Fluss. Da erhob auch er sich, raffte den Mantel zusammen und trat in den zwielichtigen Nachmittag hinaus.

Dorothea versuchte die Klassenfenster zu zählen, doch kam sie durcheinander, immer wieder verzählte sie sich. Tot stand das Gebäude, die Scheiben schimmerten matt, ihre Schritte hallten wie die in den Fluren des Heims von Frau Heidenreich. Da gingen unten im Zeichensaal die Lichter an, sie konnte die Transparente sehen, die die Schüler aus Papier geschnitten und auf die Scheiben geklebt hatten: Weihnachtsbäume und Sterne, Hirten und Schafe, eine Krippe mit Maria und Joseph, dazu die Heiligen drei Könige im Gebet vertieft. Auf einem der Fenster erkannte sie das Gesicht eines Engels, oder waren es zwei, vielleicht sogar drei? Sie trat einige Schritte auf das Fenster zu, sie hatte sich getäuscht, es war nur ein Engelsgesicht. Die Augen starrten geradeaus, als sähen sie durch sie hindurch. Sie wich einige Schritte nach links, der Engel folgte ihr, er sah hinter ihr her. Dorothea erschrak – hatte er sich bewegt? Sie kehrte rasch an den alten Standort zurück – nein, unbewegt blickte er geradeaus. Nun wandte sie sich nach rechts – wieder folgte ihr der Blick, kein Zweifel, der Engel schaute ihr wirklich nach. Eben wollte sie erschrocken davonlaufen, als eines der hellen Fenster geöffnet wurde und ein schwarzer Kopf laut „Hallo!" rief: „Ist da jemand, ... jemand? Ist jemand da?"

Dorothea hatte sich an die Hauswand gedrückt, ihr Herz klopfte stark, nein, hier ist niemand, niemand und nichts! Da wurde das Fenster zugeworfen, wenig später erlosch auch das Licht. Wieder stand sie still auf dem dunklen Hof und starrte an der Fensterfront empor. Von dem dreieinigen Engel war nichts mehr zu sehen, doch glaubte sie den Umriss zu erkennen, schwarz, wie einen Scherenschnitt. Du, Luzifer, Engel der Nacht? Sie schüttelte den Kopf, eine Täuschung nur, wandte sich ab und lief auf die Straße zurück.

Auch in den anderen Häusern gingen die Lichter an, das Buchgeschäft war hell erleuchtet, ebenso wie der Supermarkt nebenan. Marie war noch immer nicht mit dem Einkauf fertig, sie hielt eine Flasche gegen das Licht und sprach mit der Verkäuferin. Eine Zeitlang beobachtete sie sie, aber dann wurde es ihr zu lang und sie lief die Straße hinunter zur Kirche, aus der ein schwacher Lichtschein drang. Rasch überquerte sie den Kirchhof und trat in den geschmückten Raum. Hier war es warm, es roch nach Kerzen und Tannennadeln, der Küster stand auf einem Stuhl und steckte die Nummern in die Liedtafeln ein. Sie ging zum Altar, ließ den Blick durch die Kirche wandern und setzte sich auf der Taufsteinseite in die dritte Reihe von vorn. Da sprang die Tür auf, der Wind schlug sie wieder zu, ein kühler Lufthauch ging durch die Kirche bis hin zum Altar. Zugleich fiel ein Schatten in den Raum, lief an den Wänden entlang und verlor sich unter der Empore in der Dunkelheit.

Dorothea spürte davon nichts, sie war in den Anblick des Kruzifix' vertieft. Sie lächelte und nickte: Der Gekreuzigte ohne Kreuz! Frei schwebte er über dem Altar mit ausgebreiteten Armen, wie ein Engel stand er im abgründigen Kirchenrund. Rechts und links vom Altar befanden sich zwei Christbäume in hölzernen Kübeln, sie waren nur mit Kerzen und rotbäckigen Äpfeln geschmückt. Der Altar war geöffnet, auch er hatte Flügel, ein Flügelaltar mit kunstvoll geschnitztem Relief. Neben dem Taufstein stand die Krippe, eine Futterkrippe voller Stroh, davor ein Schemel und eine Bank – alles war vorbereitet für die Vesper um achtzehn Uhr.

Dorothea geriet ins Träumen, sie sah Maria und Joseph, das Kind in der Krippe, sie hörte den Gruß der Heiligen drei Könige, auch die Flöten der Hirten mit ihrem Gesang. Vorher aber kam der Engel und verkündete die Weihnachtsbotschaft. Sie wusste, wie er aussah, er hatte blondes Haar und trug ein weißes Gewand.

Auch was er sagen würde, wusste sie schon:

Fürchtet euch nicht, denn euch ist heute der Heiland geboren ...

Heute, Engel? Sie tastete nach der Manteltasche, fühlte erleichtert seine Gestalt, zog ihn heraus und betrachtete ihn. Der Engel sang – was singst du, Engel? Auch sie wollte ein Lied anstimmen, ein Lied für den Engel, ein gemeinsames Lied. Aber welches? Sie fuhr mit den Fingern über die Flügel hin, die leicht brechen konnten, wenn der Engel stürzte und auf die Spitzen fiel ...

Ach Herr, lass dein lieb Engelein ...

Komm, Engel, lass uns singen – sie hatte viele Lieder im Heim gelernt. War der Küster noch da? Sie schaute sich um, aber die Kirche war leer, alles lag still in der braunen Dämmerung. Nur im Altarraum leuchtete der Weihnachtsstern so wie vor Jahrtausenden über Bethlehem.

*Ach Herr, lass dein lieb Engelein
am letzten End die Seele mein ...*

War sie wirklich allein? Sie glaubte, ein Geräusch vernommen zu haben, drehte sich um – nein, es war nichts. Der Passant hatte sich so tief unter der Empore verborgen, dass er von den Schatten nicht zu unterscheiden war.

... Der Leib in sein'm Schlafkämmerlein ... Sing, Engel, sing! Lass uns die Kirche füllen mit unserem Gesang!

Der schwarze Passant hüllte sich noch tiefer in seinen Mantel, die Stimme des Mädchens war glockenrein:

... Dass meine Augen sehen dich ...

Geräuschlos wandte er sich zur Tür, blieb einen Augenblick stehen und umfing den Raum mit einem langem Blick. Bevor er verschwand, verneigte er sich leicht, es war, als schlüge ein Vorhang zusammen, der ihn jeder Nachstellung entzog ...

... *Herr Jesu Christ, erhöre mich* ...

... Ein Hauch, der kühl vorüber strich ...

... *ich will dich preisen ewiglich!*

Eine Tür klappte – klappte da eine Tür? Dorothea fuhr hoch und sah, dass sich die bunten Kirchenfenster so weit abgedunkelt hatten, als wäre die Blaue Stunde schon vorbei. Da sprang sie auf und stürzte nach draußen, große Leere empfing sie auf dem Kirchhof, eine nasse, windige Leere, in der nur das Singen in den Stromleitungen zu hören war. Es war kälter geworden, Schneeregen hatte eingesetzt, die Flocken tanzten in Wirbeln über dem Dorf. Die Uhr schlug halb fünf, die Straße glänzte in fahlem Licht, Dorothea erschrak, als sie zum Supermarkt kam. Die Fenster waren dunkel, die Rollläden geschlossen, längst musste Marie zu Hause sein. So bog sie in den Steinweg ab, die Häuser standen wie geduckt, heftig fuhr der Wind über die Schindeldächer, ein beinernes Klappern begleitete jeden Schritt.

Dorothea! Dorothea? Rief da jemand? Sie blieb stehen – nein, das war der Wind. Wieder warf er sich auf die Dächer, pfiff durch die kahlen Hecken und spielte mit den morschen Zaunlatten am Weg; dichte Schneewolken führte er über die Hänge heran. Dorothea suchte erneut nach dem Engel in ihrer Tasche und tastete seine Gesichtszüge ab; beruhigt nahm sie die kühle Glätte des Holzes wahr.

Als die letzten Häuser hinter ihr lagen, atmete sie auf. Es schien heller geworden zu sein, bei den Weiden am Waldsaum war es längst nicht so dunkel wie unten im Dorf. Lag es an der Höhe, die sie gewonnen hatte, bedeutete nicht jeder Aufstieg eine Annäherung ans Licht? Oder war es der Schnee, von dem das Streulicht kam? Sie bückte sich, der Schnee war nass, er verharschte schnell, da er durch den kalten Wind sofort überfror; laut knirschte er bei jedem Schritt.

Sie blieb stehen und warf einen Blick zurück. Da sah sie ihre Fußstapfen auf sich zukommen. Aber sie konnte nur die letzten Schritte erkennen, die Spur weiter unten war vom Schneefall gelöscht und das Wegstück so unberührt wie das, welches vor ihr lag. Während sie darüber nachsann, wie kurz die Spanne der Sichtbarkeit war, ging ihr auf, dass sie immer kürzer wurde, je länger sie untätig stehen blieb. Schon war nur noch die Stelle zu sehen, an der sie Halt gemacht hatte, sie wunderte sich, dass sie Trauer über die gelöschte Spur überfiel. Ich muss laufen, dachte sie, ich muss mich bewegen, damit neue Spuren entstehen. Sonst ist es, als wäre ich nicht auf der Welt gewesen, am Ende schneie ich noch ein.

Dorothea!

Wurde sie nicht schon wieder gerufen? Sie riss sich die Mütze vom Kopf – ein Irrtum, nicht anders als vorhin. Sie fror, schlug den Mantelkragen hoch, zog die Mütze über die Ohren und stemmte sich gegen den Wind; langsam setzte sie den Anstieg fort.

„Dorothea?" Der Küster schüttelte den Kopf. Nein,

er hatte niemanden gesehen. Die Kirche war zwar für jedermann offen, aber deswegen wusste er nicht über jeden Bescheid, der sie betrat. Er bedaure, hustete er, in einer Stunde begänne die Vesper, da hätte er noch viel zu tun. Die Gesangbücher müssten bereit gelegt werden, ebenso die Gottesdienstordnung – die Dame entschuldige wohl.

„Selbstverständlich."

Marie wandte sich ab, durchquerte den Kirchhof, die Turmuhr schlug vier. Sie ging die Hauptstraße hinunter, unruhig sah sie sich um, aber sie war allein, beinahe allein. Ein Mann mit breitkrempigem Hut und langem schwarzem Mantel kam ihr entgegen, nickte ihr zu, als sie erschrocken „Frohe Weihnachten" wünschte und ging wie ein Traumbild an ihr vorüber. Sie wollte ihm nachrufen: „Haben Sie meine Tochter gesehen?", brachte aber kein Wort hervor.

Wie ferne Glockentöne klangen Erinnerungen an, doch achtete sie nicht darauf; die Sorge um Dorothea war zu groß. Auch war der Dunkle, der einem Hirten glich, so rasch verschwunden wie er aufgetaucht war, so als hätte sich die Nacht mit ihm einen Teil von sich selber zurück geholt. Schweren Herzens bog Marie in den Steinweg ein und machte sich an den Aufstieg zum Ehmhof. Dabei sah sie sich öfter um und schüttelte immer wieder den Kopf. „Dreißig Jahre! Ich hatte mich also nicht getäuscht, der schwarze Passant war keine Einbildung."

Wenig später stand sie in der Stube, John hatte den Arm um sie gelegt, stumm blickten sie nach draußen, wo die Blaue Stunde in den Abend überging. Nicht lange, vielleicht Minuten nur, dann sehe ich mich wie in einem Spiegel, dachte Marie. Ihr war, als sei sie wieder das kleine Mädchen, das sich verirrt hatte, dann aber sicher nach Hause geleitet worden war. Doch an diesem Heiligabend kehrte nur die Erinnerung wieder, das vertraute Gefühl der Geborgenheit blieb aus. Waren sie nicht eben noch zu dritt gewesen, nach den langen Ein- und Zweisamkeiten endlich zu dritt, eine dreieinige Familie unter dem Weihnachtsstern? Sie fühlte die Last seines Armes, die lastende Schwere, als stützte sich John auf sie, die doch selber der Stütze bedurfte. Meist nahm er ihr die Lasten des Lebens ab, doch belasteten sie sich jetzt gegenseitig. Trotzdem blieb wahr: „Jeder trage des anderen Last" und nicht: Jeder ertrage den anderen als Last.

Es schien, als hätte John ihre Gedanken erraten, doch schwieg er auch weiterhin. Endlich lächelte er und schüttelte unmerklich den Kopf, die Schwere seines Arms überraschte ihn selbst. Die Schwere oder die Schwerelosigkeit? Du denkst Unsinn, sagte er sich, als er den Gedanken prüfte, Schwerelosigkeit hat kein Gewicht, logisch gesehen jedenfalls nicht. Aber psychologisch? Da wiegt sie ähnlich der Leere mitunter schwerer als die körperliche Last. Denn das spezifische Gewicht unserer Leere ist die Fühllosigkeit, das Gefühl ist überfordert, es ist außer Kraft gesetzt. Das ist es, sagte er sich, was auf Marie lastet, was ihr auf der Seele liegt. Wir tragen zur eigenen Last noch die des anderen – sind wir uns deshalb aber lästig? Im Gegenteil. Es gibt Lasten, die heben einander auf. Hat jeder den Schwerpunkt in sich und im anderen, ist jedem leichter zumut.

„Es war leichtfertig von mir, Dorothea draußen warten zu lassen", sagte sie.

Er spürte, wie ihn der Satz störte, Wirklichkeit und Schuldgefühl standen im Widerspruch. „Sie ist groß genug", erwiderte er, „wir können nicht in allem ihr Hüter sein. Auch steht sie in eines Anderen Hut."

Er schaltete das Licht ein und blickte in das Spiegelbild der Stube, das sich vor dem Kelchen-Massiv abhob. „So spiegeln wir das Innere nach außen", murmelte er, „eine Vorstellung des Verstandes mit Hilfe seines schattenlosen Lichts." Galt das aber nicht für jede Erkenntnis, für das Wissen, die Wissenschaft überhaupt? Das Innere entwarf sich die Außenwelt als Spiegel, das, was es sein Weltbild nannte, war Erinnerung – oder eine Entäußerung?

„Ich verstehe dich nicht", Marie wandte sich ab, John trommelte unruhig mit den Fingern ans Fensterglas. „Ich meine", wandte er ein, „das ist eine Frage des Alters, des alternden Alters. Ein Leben lang ziehen wir in uns selber ein, wir nehmen gleichsam Wohnung in uns. Mit den Jahren bauen wir dann die Räume aus und richten sie ein als unsere „Welt". Am Ende der Tage ziehen wir wieder aus."

„Ich versteh dich nicht."

„Kaum stecken wir noch den Kopf zum Fenster hinaus, so zu Hause sind wir bei uns. Und doch: Wieso sind wir so unbehaust?"

„Ich verstehe nicht, wie ..."

... *Wie lieblich sind deine Wohnungen, Herr Zebaoth ...*, deine vielleicht, Herr Gott, aber die unserigen ...

„Ich verstehe nicht, John, ... "

„... sind wüst und leer, alles ist Trug, purer Selbstbetrug. Schauen wir in die Welt, sehen wir nur uns selbst, alles Übrige ist eine Überspiegelung. Wir füllen die Welt mit unserer Leere, anstatt unsere Leere mit der Welt. Wo aber verläuft die Grenze, die Spiegelgrenze zwischen dem, was Bewusstsein ist und was Sein? Ist die Grenze fließend und das Fließen der Strom der Zeit, der alles im Flusse hält?"

„Ich verstehe nicht, wie du an solche Spiegelfechtereien denken kannst, jetzt, wo sie da draußen umherirrt in der Nacht."

„Vielleicht irrt nicht sie, vielleicht irren wir?"

„Du meinst unsere Geschichte?"

Er nickte: „Dorothea ist den umgekehrten Weg gegangen, von innen nach außen, ohne Grenze, ohne Übergang."

„Aber auch da kann man sich verirren, es bleibt unsere Schuld." Marie ging mit heftigen Schritten auf und ab: „Ich habe das ganze Dorf abgesucht, selbst in der Kirche bin ich gewesen und habe den Küster gefragt." Ihre Stimme klang hart mit klirrendem Klang, als wären die Stimmbänder zum Zerreißen gespannt: „Meine letzte Hoffnung war, dass sie zu Hause ist, hier bei uns."

Er schüttelte den Kopf, auch sein Spiegelgesicht vor dem Kelchen-Massiv schüttelte den Kopf. Als er sich umdrehte, sah er, wie sich sein Bild ebenfalls abwandte und von der Helle der Stube hinaus in die Dunkelheit trat. Er entfernte sich von seinem Bild, anstatt sich mit ihm zu vereinen – warum empfand er dabei einen so durchdringenden Schmerz? „Die Zeit ist das Medium der Trennung", sagte er ins Dunkel hinein, „eine vollkommene Vereinigung gibt es nicht. Was in ihr erscheint, ist vereinzelt, gesondert, etwas Besonderes in seiner Einmaligkeit. Schrumpfte die Zeit auf Null, wären wir nicht in der Welt, die Welt nicht in uns. Alles was ist, gäbe es nicht, es herrschte das absolute Nichts."

Er hatte sich Gummistiefel und die weiße Regenjacke angezogen, ohne zu überlegen, was er tat. Oder doch? War es nicht wie damals, als der Junge in die Heilige Nacht hinauslief? Er hatte das Gefühl, dass er Unsinn dachte, die Luft in der Stube machte Kopf, Herz und Seele schwer. Was du brauchst, ist frische Luft, sagte er sich, du brauchst Bewegung und Raum. Er hatte schon die Hand auf der Klinke, als ihm noch etwas einfiel. Er stürmte die Treppe hinauf, er rannte wie damals – damals? – wie vor Jahrzehnten, als er aus der Winterhelle in den dunklen Stall gestürmt war, mit glücklicher Erwartung, zugleich voller Angst: Marion? – Michael!

Schwer atmend stand er auf der Schwelle zu Dorotheas Zimmer, die Leere, ihre anwesende Abwesenheit, war bedrängend, fast drängte sie ihn rückwärts wieder zur Tür hinaus. Noch waren ihre Sachen nicht eingeräumt, die Erinnerung sprang ihn wie aus dem Hinterhalt an und traf ihn mit einer Wucht, auf die er nicht vorbereitet war. Mein Gott, war sie nur zu Besuch da gewesen? Advent! Ankunft, was hatte das zu bedeuten, wenn schon im Geschenk der Verlust enthalten war? Abwesende Anwesenheit? Offenbarte Verborgenheit? Das sollte ihm der Pfarrer erklären, jawohl, Pastor Windelen sollte ihm sagen, wie das Verhältnis von Verborgenheit und Offenbarung war. Oder verhielt es sich umgekehrt, und es ging um Zuwendung im Entzug?

Die Stille lastete im Raum, das Ticken des Weckers kam ihm ungeheuerlich vor. Leere Zeit, sinnlos in kleine Stücke zerhackt, in Zeitsplitter, die unter die Haut drangen, bis tief ins Herz hinein. Sein Blick umfasste den Raum, auf dem Dachfenster hatte sich eine Schneeschicht gebildet, die auf dem warmen Glas zu schmelzen begann. Schneite es denn? Es schneite. Die großen, nassen Flocken senkten sich wie kleine Fallschirme herab. Sie fielen um zu vergehen, sie verwandelten sich, wechselten die Gestalt, stiegen auf, schlugen sich nieder – ein Kreislauf, der ihm zuzusetzen begann. Lief wirklich alles Leben im Kreis, in einem Circulus vitiosus, einem Teufelskreis? Er beobachtete, wie sich der Schnee verwandelte und als breiter Wasserfaden die Scheibe hinunter rann. Wie lange schon war Dorothea bei ihnen? Zwei Tage, drei Tage, immer schon? Hatten sie sie nur erträumt, als Mittelpunkt ihres Lebens herbeigeträumt? Er erschrak: War Dorothea das Spiegelbild ihrer Sehnsucht, eine verspiegelte Wunschvorstellung?

Nein, ihre Augen sagten nein: Sie ist kein bloßer Spiegelreflex. Marie war John gefolgt, stand neben ihm und schaute ihn an. Du hast in mir deinen Engel gesehen, las er in ihren Augen, zugleich wusste er, dass sie dasselbe in seinem Gesicht sah. War nicht der Engel der Dritte in ihrem Bund? Er nickte, sie schwiegen, der neuerliche Einklang hatte sie sprachlos gemacht. Es war kein Verstummen, kein An-sich-Halten – das Unaussprechliche, das nur im Schweigen spricht, hatte sie still gemacht.

John schloss die Tür mit einem Nachdruck, als wollte er den Raum für immer versiegeln: „Es wird Zeit", sagte er, lief die Treppe hinunter, verharrte kurz, als hätte er etwas vergessen und trat ins Freie hinaus. Entschlossen stemmte er sich gegen den Wind, der ihn seitlich von vorn ansprang.

„Ja", sagte sie, aber dieses Ja erreichte ihn nicht mehr, es erreichte nicht einmal sie selbst. Was sie in sich vernahm, war ein einziges Nein: Nein, sie darf nicht verloren gegangen sein! Sie hörte die Tür ins Schloss fallen, ein Einschnappen, das voll harter Endgültigkeit war. Auch die Tür zu Dorotheas Zimmer war nun geschlossen, noch nie hatte sie eine Tür so verschlossen gesehen. Wo war der Schlüssel? Lag er in ihr, in John, in ihnen beiden? Ein leichtes Zittern durchlief sie bei dem Gedanken, dass bei jedem Abschied eine Tür ins Schloss fiel, vor allem wenn sich das Leben als Ganzes zuletzt der Sichtbarkeit verschloss. Wer warf da den Schlüssel fort, wer fand ihn, schloss neue Türen auf? Ein bitteres Gefühl stieg in ihr bei diesen Fragen auf – gab es überhaupt einen Zugang zum Leben, wenn der Tod absolute Verschlusssache war?

Macht hoch die Tür, sie lachte, die Tor macht weit, ein Lachen wie aus splitterndem Glas. War dieses Lachen nicht ein Scherbengericht, vor dem alles Lachen in Lächerlichkeit verging? Was war geschehen? Nichts. Das war das Schreckliche. Sie spürte, wie dieses Nichts immer mehr Raum in ihr gewann. Gestern war Dorothea zu ihnen gekommen, heute schon wieder verloren gegangen. Verloren? Ging sie nicht bloß ihrer Wege, suchte sie vielleicht nur den eigenen Weg? War es aber wirklich der eigene und nicht jener Weg, den John und sie ihr vorgezeichnet hatten? Hätten sie schweigen, ihre Geschichte verschweigen sollen? Auch ihnen war der Weg gegeben, vorgegeben worden, sie hatten ihn sich nicht ausgewählt. Sie hatten ihn betreten, Hand in Hand, er hatte sie zusammen- und dann gemeinsam weitergeführt.

Musst du nicht anerkennen, dass auch anderen der Weg bereitet ist? fragte der Weg.

Ja, antwortete sie. Dorothea geht ihren eigenen Weg. Ist es aber nicht viel zu früh?

Gibt es für den eigenen Weg ein Zufrüh?

Nein, gab sie zu – vielleicht doch? Sie lauschte der Frage nach, aber es kam kein Echo mehr, es schwieg in ihr, ja alles schwieg. Hatte ihr Lebensweg die Sprache verloren? Dann sah auch sie sich aufs Schweigen verwiesen, auf den Weg ratloser Verschwiegenheit.

Dichter Schneeregen fuhr John ins Gesicht. Der Abend war heller, als er gedacht hatte. Kam das Licht von oben, von jenseits der Baumgrenze, wo der Schnee auf den Graten schon liegen blieb? Auch auf dem Weg hatte sich eine weiße Schicht gebildet, sie leuchtete in der Dämmerung wie phosphoresziert. Drüben am Hang verlief sich das Licht im Unterholz, verlor es sich nicht überhaupt in der zwielichtigen Welt? Was für ein diffuser Heiligabend in diesem Jahr! Zwar war das Licht erschienen, es war unzweifelhaft da, doch alle Versuche einer Ortung gingen fehl, es hatte keinen bestimmten Ort. Es leuchtete in der Finsternis, doch die Finsternis konnte es nicht begreifen. Es machte wohl sichtbar wie die Sonne, die über dem Horizont aufstieg, aber machte es auch sehend, war man nicht trotzdem blind? Es blieb bei Lichtblicken und auch die hatten ihren blinden Fleck, das Sehen war selber zwiespältig und in sich unbestimmt. Glich die Wahrheit nicht dem dunklen Kern einer Flamme? Im Erscheinen offenbarte und verbarg sie sich in einem, jede Erscheinung war ihr eigener Widerschein.

Er blieb stehen und schüttelte den Kopf: Das Licht brach sich in den Dimensionen, den Elementen, in Natur und Geist. Und die Geschichte? Auch in ihr brach es sich, in jedem Geschehen, in jeder Tat. Vielfältig gebrochen war alles, was erschien, die Zeit glich einem Prisma, das jede Strahlung in sich farbig brach. Licht und Schatten bedeuteten für sich im Grunde nichts, die Übergänge waren entscheidend, sie machten die Wirklichkeit aus. Die Schöpfung war farbig, Gott sei es gedankt, ihr Leuchten kam von den Brechungen, dem endlich-unendlich gebrochenen Licht.

John war so stark in seine Gedanken vertieft, dass er die Gestalt, die sich als Schatten aus dem Zwielicht gelöst hatte, erst bemerkte, als sie vom Steinweg in den Erlenried bog; fast wäre er mit ihr zusammengeprallt. Der Mann trug einen weiten schwarzen Mantel, der im scharfen Wind wie eine Fahne stand, auf dem Kopf einen breitkrempigen schwarzen Hut, der tief ins Gesicht gezogen war. John nickte dem fremden Wanderer zu und wünschte „Frohe Weihnachten", als dieser stehen blieb und mit der Rechten an die Hutkrempe griff.

„Was zeigt die Uhr?" fragte er und verbeugte sich leicht.

„Halb sechs", antwortete John, verblüfft über die

Formulierung, die wie aus einem anderen Jahrhundert klang.

„Sehen Sie", fuhr der Unbekannte fort, als hätte er Johns Gedanken erraten, „zwischen Zeit und Uhr muss unterschieden werden. Die Zeiger verweisen nicht auf die Zeit, sondern auf zwölf Ziffern, die als Zeichen für künstliche Abschnitte stehen. Die Zeit selbst hat nichts mit Zahlen und Zeichen zu tun oder glauben Sie, dass sie aus Zwischenräumen besteht? Ist sie vielleicht selbst eine Art Zwischenraum? Dann stellt sich die Frage: Zwischenraum zwischen was?"

Der Fremde schwieg, fuhr dann aber ohne Übergang fort: „Jedenfalls laufen die Uhrzeiger rund, selbst wenn das Gehäuse eckig, das heißt rechteckig wie unser Denken ist. Insofern sind die Analoguhren anschaulich, sie zeigen, dass Zeit und Bewegung zusammen gehören. Wo sich nichts bewegt, ist keine Zeit. Auch der Jahreskreislauf ist rund, so wie die Bahnen der Planeten, die das Ziffernblatt der Uhr repräsentiert. Erst die Digitaluhren lösen die Anschaulichkeit auf, sie repräsentieren sich selber, die reine, fortlaufende Zahl. Die Frage ist: Wo läuft sie hin, die Zahl mit der Zeit oder besser umgekehrt: Wo läuft die Zeit mit den gezählten Zahlen hin?"

John starrte den Fremden entgeistert an. War er verrückt, ein verdrehter Professor, ein Gelehrter aus der Stadt, der versehentlich in die Berge geraten war? Das Gesicht des Passanten war kaum auszumachen, doch meinte John, ein Lächeln zu erkennen, hinter dem sich Spott zu verbergen schien.

„Sehen Sie", fuhr der Fremde fort, „wir mögen uns

drehen und wenden, wie wir wollen, nicht nur wir sind in der Zeit, die Zeit ist auch in uns. Nicht allein die gegenwärtige, sondern alles, was je geschehen ist und geschehen wird, die gesamte Geschichte, verstehen Sie? Aber", fügte er in wohlwollendem Ton hinzu, „ich will Sie nicht aufhalten. Auch ist mir bekannt, wie Sie über uns Zeitinspekteure denken: Sie halten uns für eine Ausgeburt der Phantasie. Doch wir sorgen dafür, dass die Dinge im Flusse bleiben, wir tauchen an den Wirbeln, den Untiefen des Zeitstroms auf. Sie meinen, nur was sich begreifen ließe, sei wirklich? Wahr ist, dass sich das Wirkliche nicht begreifen, nur ergreifen lässt. Das haben Sie auch getan und sich auf die Suche gemacht, so wie ich auf der Suche nach Ihnen war. Deshalb fragte ich Sie zunächst nach der Zeit, nun frage ich Sie auch nach dem Raum, dem Weg."

„Aber wo wollen Sie hin?" John hatte die Sprache wieder gefunden.

„Das kommt darauf an."

„Auf was?"

„Auf Ihre Auskunft natürlich." Der Fremde wirkte ungeduldig.

„Der Weg führt zur Wetteralm", antwortete John, „kurz vor der Höhe zweigt ein weiterer nach Egesdorf ab."

„Dann haben wir denselben Weg", der Zeitinspekteur lächelte, „gleichviel ob er weiter ist oder nicht."

„Wollen Sie zur Christvesper?"

Der Fremde fragte zurück: „Und Sie?"

„Ich suche Dorothea", gab John zögernd zu, „das ist eine lange Geschichte. Marie und ich haben ihr unser

Leben erzählt – nun fürchten wir, dass sie sich darin verlaufen hat. Wo soll ich sie suchen, wenn nicht auf der eigenen Spur?"

John wunderte sich über seine Worte, er hörte sich selber wie einem Unbekannten zu. Rüstig schritt sein Begleiter aus, John konnte nicht sagen, warum er ihm folgte. Was sollte er auf der Wetteralm? Zugleich hatte er das Gefühl, das Gesagte erläutern zu müssen und erzählte von Dorothea bis zu dem Augenblick, da sie mit Marie zum Kaufmann gegangen und anschließend verschwunden war. Er sprach nicht flüssig, was er sagte, war stockend. Bruchstücken gleich setzte er die Einzelheiten zusammen, als handelte es sich um Scherben eines kostbaren Gefäßes, das schuldlos zerbrochen war.

„Ich weiß", warf der Fremde wie nebenbei ein, „sie war in der Kirche, es ist eine Weile her. Später ging sie den Steinweg hinauf, ich nahm an, dass sie hier oben zu Hause sei."

John blieb überrascht stehen. „Das ist sie auch, aber seit gestern erst!" Und nach einigem Zögern: „Ich fürchte, sie hat sich in den Räumen verirrt, jedes Leben ist ein einziges Labyrinth. Glauben Sie, dass die Lebensgeschichte der Eltern für ein Kind zum Zuhause, zur Heimat werden kann?"

Der Dunkle hatte schweigend zugehört, blieb nun aber, als der Abzweig nach Egesdorf kam, stehen und sah nachdenklich vor sich hin: „Es dauert oft Jahre, meistens Jahrzehnte, bis sich uns der Raum des Daseins erschließt. Vielen bleibt er ein Leben lang verschlossen – wie Sie vermuteten, Ihre Tochter hat sich in der Ge-

schichte verirrt. Das, was Sie als Vergangenheit erzählten, hat sie als Gegenwart erlebt. Nun sucht sie nach
dem Ausweg, nach jener eigenen Lebensspur, die mit
der Ihrigen nicht identisch, wohl aber möglich ist. Ich
denke, dass Sie auf dem richtigen Wege sind."

Er deutete auf den Erlenried und fügte hinzu: „Ich
für meinen Teil wähle den Weg zur Linken – nach Egesdorf, sagten Sie, nicht wahr?"

John nickte. „Wir haben zuviel von uns erzählt, von
uns und unserer Vergangenheit. Selten wissen wir, was
wir bewirken und wenn, dann erst hinterher. Es ist, als
lebten wir in getrennten Räumen: Hier das Wissen,
dort unser Tun."

„So wie Raum und Zeit", murmelte der Fremde, als
hätte er nicht zugehört. „Der Raum ist offenbar, die
Zeit dagegen verborgen, sie ist unsichtbar, zugleich das
Wirklichste der Welt. Glauben Sie, dass es im All eine
Welt-Zeit gibt?"

John schüttelte den Kopf, verwundert darüber, dass
der Dunkle wieder in seinen Orakelton verfiel.

„Aber den Welten-Raum zu leugnen, wäre Unsinn,
nicht wahr?" Der Passant lächelte und griff zum Abschied an seinen Hut: „Sinn oder Unsinn, wer kann das
entscheiden? Die Zeit *als* Welten-Raum ist das wahre
Rätsel – bis heute ist es ungelöst."

„Wo kommen Sie her?" fragte John, der Fremde hatte
sich abgewandt, „und wo gehen Sie hin?"

„Das sind zwei Fragen auf einmal – nach Egesdorf,
sagten Sie nicht so? Und die Herkunft? Wer kennt
schon seine Herkunft?" Der Dunkle wandte sich noch
einmal um: „Wir hinterlassen nur flüchtige Spuren in

141

der Welt, an Ihrer Geschichte nahm ich nur am Rande teil. Doch wird es Zeit, aus ihr wieder herauszutreten. Frohe Weihnachten übrigens und Dank für Begleitung und Gespräch."

Die letzten Worte kamen aus dem Dunkel, die Nacht hatte die schwarze Gestalt verschluckt. Doch die Stimme drang noch zu John herüber: „Übrigens, was zeigt die Uhr?"

John reckte den Arm, sah auf das Zifferblatt und rief überrascht: „Noch immer halb sechs! Ich glaube, sie steht."

„Wer?" rief der Unsichtbare, es klang, als ob er lachte: „die Zeit?"

„Die Uhr!" antwortete John und lauschte in die Nacht. Aber er hörte nur den Wind, der hin und wieder ging.

Das Schneetreiben hatte ausgesetzt, es schien kälter geworden zu sein, am Himmel trat der Mond hinter den Wolken hervor. Stille – stille Nacht. John fuhr sich mit der Hand über die Stirn, als verscheuchte er einen Traum. Nachdenklich schüttelte er den Kopf und setzte den Weg fort. „Die Nerven", seufzte er. „Ein Traum wurde Wirklichkeit, die Wirklichkeit zum Traum und dann zu einem Albtraum. Ich wünschte, ich wäre bereits erwacht."

* * * * *

Ihr Gesicht ist weiß.

Schneeweiß, denkt sie.

Marmorweiß, denkt er.

Die Lider sind geschlossen, die Lippen aufeinander gepresst.

„Ein Engelsgesicht", sagt sie.

Er schüttelt den Kopf: „Ein Bleichgesicht."

Und sie: „Die Deckenlampe."

Er nickt: „Die Lampe macht sie leichenblass."

Er löscht sie und knipst die Nachttischleuchte an, nun erscheint das Gesicht zu neuem Leben erweckt; im Lichtwechsel leuchtet es wie eine Rose im Winter. *Es ist ein Ros entsprungen*, jawohl die Backen sind rot, die Lippen glühen, als hätte sie sich warm geträumt. Durchlebt sie einen heißen Traum, hat sie Fieber, Doktor, plagt sie ein Fiebertraum? „Nein", sagt der Arzt, „im Gegenteil, sie taut auf, die Wärme hier taut sie auf."

Lichtwechsel? denkt John. Wäre es nicht genauer, vom Wechsel der Beleuchtung zu sprechen? Eine Lampe leuchtet nicht nur, sie beleuchtet auch, sie macht sichtbar, was vorher im Dunkeln lag. Dagegen das Licht, das in uns leuchtet und die Seele erhellt. Es ist unsichtbar, es leuchtet nur durch uns, durch uns hindurch. So leuchtet aus Maries Augen die Hoffnung, was aber leuchtet aus mir? Ich sollte das Spintisieren lassen, dabei kommen nur Scheinwahrheiten heraus, Wahrheiten, die scheinbar leuchten und nicht einmal mir einleuchtend sind. Lichtwechsel? Jedenfalls ist der Einfall des Lichts entscheidend, er bestimmt die Perspektive, mit der wir die Dinge sehen: leichenblass, glühendrot, wie bei Dorotheas Gesicht. Entscheidet er am Ende nicht über Leben und Tod? Sind Leben und Tod Fragen der Optik, die bloßer Lichtwechsel bestimmt? John kratzt sich am Kopf und murmelt: „Teufel auch!"

„Aber John!", Marie blickt ihn streng, ja vorwurfsvoll an: „Wie kannst du jetzt fluchen?"

Teufel auch, Tag und Nacht, Licht und Finsternis, Leben und Tod – alles nur Fragen der Perspektive? Das wäre eine göttliche Sicht! Vorsicht, John, das ist Glatteis für dich, erinnere dich an die Erzengel-Michael-Zeit! Was zerbrichst du dir über Fragen den Kopf, die anderen schon das Genick gebrochen haben?

Er beugt sich über Dorotheas heißes Gesicht: „Gott sei Dank!" – Marie sieht ihn dankbar an – „Gott sei Dank, dass sie lebt, dass das Licht nicht nur leuchtet, sondern belebt und wärmt, dass es unser Leben erwärmt!"

Auch Marie neigt sich über sie, besorgt blickt sie den Doktor an. Aber der Arzt schüttelt den Kopf: „Nein", wiederholt er mit Entschiedenheit, „kein Fieber. Vielleicht eine Erkältung, erhöhte Temperatur, aber die wird sie schnell wieder los. Wo haben Sie sie gefunden?" Fragend sieht er Johannes Wildreuter an.

„Auf der Wetteralm, sie war eingeschlafen unter dem Glockenbaum."

„Merkwürdige Geschichte", der Doktor erhebt sich, wieder schüttelt er den Kopf. „Was soll man da sagen?" fragt er, ohne dass ihm an einer Antwort liegt. „Sie hätte erfrieren können, die Temperatur ist inzwischen weit unter Null. Ich bin sicher, heute Nacht friert es Stein und Bein."

Er nickt John und Marie zu, er nickt sich gewissermaßen selber zu und schüttelt zugleich den Kopf: „Nein, so was! Aber lassen Sie nur, ich finde allein hinaus. Ach ja, was ich nicht vergessen will: Frohe Weihnachten auch!"

John lauscht hinter dem Doktor her, er hört die Treppe knarren, nun kommt er bei der vorletzten Stufe an, der Schritt des Doktors hat etwas Tastendes, Unsicheres, als stiege er eine Leiter hinab – die Lebensleiter vielleicht? Jedenfalls misstraut er dem eigenen Schritt oder dem Untergrund, der ihn trägt. In der Tat, fragt sich John, wo kommen wir an, wenn wir am Ende der Lebensleiter sind? Das beunruhigt einen Arzt natürlich besonders, sein Beruf ist es, das Ende hinaus zu ziehen. Vielleicht rührt daher das Zögernde in des Doktors Schritt, dieses Nicht-zu-Ende-kommen mit sich selbst?

„John?" fragt Marie in die Stille hinein. Es ist nicht die Stimme, die ihn trifft, es sind die Augen, er spürt ihren Blick: Wo bist du, fragen diese Augen? Bist du nicht bei dir, bei uns, Dorothea und mir? Kannst du dir erklären, was geschehen ist?

Ich weiß es nicht, gibt sein Blick zurück.

Ist unsere Geschichte an allem Schuld? Hat Dorothea nicht ihren eigenen Lebenslauf? Maries dunkle Augen halten ihn mit den Fragen fest, so wie damals, als er sie zum ersten Mal in der Kirche sah, auf der Taufsteinseite, rechts, dritte Reihe von vorn.

Nein, lächelt er, unsere Geschichte ist nicht Schuld, im Gegenteil. Ist sie nicht die wahre Heimat, unser Zuhause, unser Haus? Nun wohnt auch unsere Tochter darin, die Geschichte hat neue Lebensräume angesetzt.

In der Stille waren Dorotheas Atemzüge zu hören,

hin und wieder mischte sich ein Seufzer ein. Marie senkte den Kopf und betrachtete sie, ein behutsamer Blick, der die Tochter mit Vorsicht umfing. John sah die Bewegung in Maries Zügen, ihm war, als blickte er in ein fremdes Gesicht. Fremd? Eher unvertraut, so als fiele neues Licht auf ein bekanntes Bild. Oder war es etwas anderes, ein anderer Mensch, der da zum Vorschein kam? Maries Züge waren durchsichtig geworden, auch hatten sie sich weicher konturiert. Davon wusste sie selber nichts, da kein Spiegel ihn erfasste, den Grund, diesen spiegellosen Grund. Wohl hatte er das Mädchen und später die Frau gekannt, doch nun sah er drei Gesichter in einem: Auch die Mutter blickte ihn an.

„Wie kamst du auf den Glockenbaum?"

Dieser Blick, der nichts von sich wusste, der nicht wusste, in welche Verwirrung er ihn noch immer stieß! Weißt du es nicht? fragten seine Augen. Du weißt es, du musst es wissen. Irgendwann trat Dorothea in unsere Geschichte ein und ging in ihr auf – vielleicht, als sie den Engel zum ersten Mal sah, vielleicht auch, als wir auf der Wetteralm waren; da fragte sie nach dem Glockenbaum. Auch fand ich den Engel nicht auf ihrem Nachttisch vor, sie hatte ihn mitgenommen, als ihr ins Dorf zum Kaufmann gingt."

„Aber jetzt ist er da", flüsterte sie, „endlich ist unser Engel wieder da!"

Er stand neben der Nachttischlampe, von der Seite fiel Licht auf ihn, als würde er durch die Schattengrenze halbiert. Schattengrenze? Durch die Lichtgrenze, lächelte sie. Die Lichtgrenze läuft über ihn hin, durch ihn hindurch, sie trennt und vereint zugleich.

Sind wir durch die Schattengrenze vom Licht getrennt? fragte sich John im selben Augenblick. Das dürfte Ansichtssache, eine Frage der Sichtweise sein. Gibt es einen Blick, der alles Trennende vereint? Für uns nicht, er wäre göttlich, nicht menschlich, ein unmenschlicher Blick. Nur für Gott sind Leben und Tod Eines, für uns gilt die Differenz, wir *sind* die Differenz. Erst im Tod, so die Hoffnung, wird die Grenze passiert, dann, wenn das Licht- und Schattenspiel des Lebens endlich hinter uns liegt.

Sein Blick fiel auf den Engel, noch immer griff ihn die Erinnerung ans Herz. Nicht der Engel hatte damals den Sturz verschuldet, er selbst hatte ihn verworfen, ihn von sich geworfen, die Schuld lag im unbändigen Trotz. Der Engel hatte sich nicht seinem Willen gebeugt, er war kein Spielzeug, er war eine Eigenmacht.

„Unbegreiflich", sagte sie.

„Unbegreiflich", nickte er.

„Was wollte sie am Glockenbaum?"

„Ich weiß nicht, auch sie weiß es nicht. Ein Ruf, ein Echo – vielleicht war es so wie bei uns? Auch ihre Geschichte setzte unbewusst ein, sie konnte nicht wissen, wie ihr geschah. Wahrscheinlich wirkt das Vertrauen am stärksten, wenn es nicht bei Bewusstsein ist."

John erhob sich und ging leise nach unten, ohne im Flur das Licht anzumachen. Doch seine Schritte waren nicht unsicher wie die des Arztes, sondern von jener Selbstverständlichkeit, durch die sich jede Bewegung der anderen verdankt. Verdankt? Hinkte der Dank nicht hinter dem Leben her? Wer vermochte denn wirklich das Zeitliche zu segnen, zu Lebzeiten schon, nicht erst im letzten Augenblick?

Er seufzte und setzte sich auf die Ofenbank; nach der nassen Kälte tat die Wärme im Rücken gut. Es war dämmrig im Raum, er hatte eine Kerze entzündet, ihr Licht entsprach seiner Stimmung, die voll weicher Übergänge war. Groß zeichnete sich an der Wand der Schatten des Weihnachtsbaums ab – war es erst zwölf Stunden her, dass er mit Dorothea auf der Wetteralm gewesen war? Die Frage wurde durch den Stundenschlag beantwortet, wie Glocken klangen die Schläge von der Diele her. Für einen Augenblick war ihm, als kämen alle Heiligen Nächte, deren er sich entsann, mit diesen Glockenschlägen durch die geöffnete Tür. Auch die künftigen? Er lächelte, atmete tief ein, wieder aus – Stille. Marie oben bei Dorothea, Dorothea im tiefen Schlaf, an- und abwesend zugleich. Und er hier unten, dem Baum gegenüber, dessen Schatten das Kerzenlicht leicht erzittern ließ. Ihm fiel der Große Lobgesang ein:

Gelobt seist Du, Herr,
für alles in der Welt ...

Wie ging er weiter, wie konnte es weitergehen? Er kam ins Grübeln, hatte er nicht mit den Jahren das Loben und Danken verlernt? Einst konnte er ihn auswendig, den Dank-, den Lobgesang, damals, vor über dreißig Jahren, als er noch ein Junge war! Auswendig, inwendig – musste nicht das, was Wahrheit war, von innen kommen? „Gelobt seist Du, Herr..." bedeutete: Dir sei gedankt! Aber wofür? Für alles, was ist, was da kommt und geht – auch für dich, mein Junge, der du jetzt auf der Schwelle stehst und zu mir in die Stube blickst. Tritt ein, Michael, setzt dich und wärme dich auf. Siehst du, wie der Baum im Licht zittert und bebt? Stand er nicht immer dort drüben am Fenster, saßen wir nicht jedes Jahr hier auf der Bank?

O Tannenbaum, wieder ist deine Zeit gekommen in diesen dunklen Tagen mit ihrem blaugrünen Licht. Von draußen kommst du, du bist Gast in unserem Haus. Zart ist dein Gewand, mit Goldfäden durchwirkt, doch den Schattenmantel hast du nicht abgestreift. Mitternacht ist es, hörst du die Schläge? Zwölf heilige Nächte, jeder Schlag eine Nacht. Stille, unerhörte Stille – sie gehört dir, du gehörst ihr. Du hast sie mitgebracht aus dem Wald, sie ist dein Geschenk. Lass uns Zwiesprache halten in dieser Heiligen Nacht. Wirst du ein Lichterbaum sein, der uns das Dunkel erhellt? Nur mit Engelshaar habe ich dich geschmückt, im Widerschein leuchtet es unruhig auf – eine Ahnung erst, ein Vorschein des Lichts, das uns die Zukunft erhellt. Lass uns Weihnachten feiern, das Lichtfest vorfeiern, bist du nicht der Vorbote des Lichts in der stillen, Heiligen Nacht? Ich liebe das Licht, das im Dunkeln wohnt, das noch nicht wirklich, aber doch möglich, das vorläufig ist. Ist die Zukunft nicht finster, erscheint sie nicht als Mene-tekel an der Wand? Was uns blendet, ist die schattenlose Helle unserer Werke, durch die wir die Nacht zum Tag gemacht haben – als wäre das Dunkel unser Feind! Du bringst das verborgene Licht zum Leuchten, ein Zeichen für das, was in der Heiligen Nacht geschieht. Auch als Traum birgst du das Licht, verbirgst du dein Licht vor der gnadenlosen Helle unserer Werkgerechtigkeit. Grell ist er, dieser blendende Tag, der uns Tagträumer nicht leben, nicht sterben lässt. Du aber, Lichterbaum, sei gelobt, sei bedankt, dass du auch in diesem Jahr wieder Wohnung in uns genommen hast. Gelobt seist du, dass dein verhülltes Licht sich der verblendeten Finsternis anvertraut hat.

Marie war in Nachdenken versunken, sie hatte sich den Stuhl herangezogen und neben das Bett gesetzt. Dass John gegangen war, hatte sie kaum bemerkt, so stark war sie mit ihren Bildern beschäftigt, mit jenem Morgen, an dem sie das Rund dieses Tals zum ersten Mal erblickt hatte. Könnte ich, meine Tochter, deine Träume bewachen, so wie ich einst bewacht und bewahrt worden bin! Sie flüsterte und versuchte, sich Dorotheas Gesicht einzuprägen, als gehörte die Liebe der innersten Erinnerung der Schöfpung an. Bewachen? Nein mitträumen, zusammen mit dir träumen, um mich zu verjüngen in deinem, in unserem Traum. Erinnerst du dich an diesen in Gold gefassten Traum, der damals mit den glühenden Bergspitzen begann und über alle Räume und Zeiten hinaus niemals ein Ende haben wird?

Dorothea seufzte, drehte sich zur Seite und wandte Marie das vom Schlaf versiegelte Gesicht zu. Es war, als lächelte sie mit offenem Mund. Lächelte sie? Nein, sie staunte, sie stand wie erstarrt am Fenster und staunte: Wie neu alles war und wie vertraut zugleich, als habe sie es vorausgeträumt! War sie seit gestern erst hier, seit einem Jahr oder ihr Leben lang? Seit gestern erst, mit dem frühen Abend hatte ihr neues Leben begonnen, gestern hatte sie das Licht der Welt erblickt! Alles davor war etwas anderes gewesen, ein Vorleben, das nachbebte bis in den Tag, in die kalten Tagträume hinein. Da holten sie die Bilder aus dem Heim wieder ein, diese endlosen Korridore mit ihrem verfliesten Grund. Auf ihm hallte alles wie in Kellergewölben nach, jedes Geräusch wurde zum Echo von Frau Heidenreichs Schritt.

Dazu ihre Stimme: Wo bleibst du, Dorothea? Beeil dich, wir wollen zurück nach Haus!

Nach Hause? Wie ein Schlag aus dem Hinterhalt traf sie die Frage und gab dem Traum eine scharfe Wende: Frau Heidenreich saß auf dem Hof im Wagen, der Motor lief, sie winkte und rief: Wo bleibst du, Dorothea, ich hole dich wieder ab. Wenn du nicht eilst, ist alles zu spät!

O dieser golddurchwirkte Traum! Sie konnte sich von der Aussicht nicht trennen. Der Abend breitete sich wie ein Tuch über das Tal, die Baumgrenze glich einer schimmernden Borte, am Waldsaum hatte die Sonne purpurne Nähte eingestickt. Da zerriss die blauseidene Dämmerung mit scharfem Laut, wie ein Messer zerschnitt Frau Heidenreichs Stimme die Luft: Nur ein Traum, Dorothea, Hirngespinste, sonst nichts. Aber jetzt ist genug geträumt, wach endlich auf, ich bringe dich zurück in die Wirklichkeit!

Frau Heidenreich stand neben ihr und ergriff ihre Hand: Du weißt, dass nur Kurzbesuche erlaubt sind, Stippvisiten auf Zeit. Kein Besuch dauert ewig, je eher du erwachst, umso besser ist es für alle, für dich wie für mich. Komm zurück in die Stadt, wo du hingehörst, deine Heimat ist und bleibt das Heim!

Die Heimleiterin zerrte sie die Treppe hinunter, im Hof standen John und Marie, sie hatten sich an den Händen gefasst. Marie winkte und weinte, sie winkte mit dem Taschentuch: Marie! – John! Die Autotür schlug, nie fiel eine Tür schmerzhafter ins Schloss! – Marie! – John: Wo ist Michael? – Der Wagen fuhr an – Michael! – Der Wagen fuhr ab – Marion! – Der Junge kam aus dem Haus gestürzt, stand breitbeinig da, mit finsterem Gesicht, die Hände in die Hosentaschen versenkt: – Marion! – Michael! – Der Wagen fuhr schneller, weit lehnte sie sich aus dem Fenster – fallen, hinausfallen, in deine Arme fallen, Michael! – Ist nicht alles Lüge, John? Ihr habt gelogen, Marie, eine einzige Lügengeschichte habt ihr mir erzählt!

So ist es, nickte Frau Heidenreich, die Lüge geschieht immer wieder – sie saß am Steuer und gab auf der abschüssigen Straße Gas – die Geschichte lügt immer wieder, wusstest du das nicht?

Ist wirklich alles Lüge? Dorothea wollte die Tür öffnen und springen, doch das Schloss klemmte, es saß fest wie verschweißt. Da lachte Frau Heidenreich: Kindersicherung! Kinder gehören unter Verschluss! – Dann werde ich mich aus dem Fenster stürzen! – Warum nicht? antwortete die Heimleiterin, warum nicht? Aus der Wirklichkeit fällt niemand heraus!

Weit beugte sie sich vor, noch weiter – jetzt? ... – Mutter – Marie! ...

„Dorothea, mein Herz!"
Michael!
„Ruhig, mein Herz, ganz ruhig ...“

152

Dorothea schreckte hoch, verwirrt blickte sie sich um, doch Marie fing sie auf, umfing sie, dass sie nicht fiel – ruhig, ganz ruhig, mein Herz: Ich bin's, deine Mutter – ich!

Mutter?

„Ja, mein Kind, nur ein böser Traum, das sind Albträume, die auf die Wahrheit böse sind."

Marie bettete sie vorsichtig ins Kissen zurück – da rief ihr erneut Frau Heidenreich zu: Hier geblieben, Dorothea! und riss sie vom Fenster zurück. Hier wird nicht ausgerissen, ist das klar? Wo kämen wir hin, wenn jeder lebte und stürbe, wann und wo er will? – Michael! – Jeder hat einen Traum frei, kapiert? Einen, nicht zwei oder drei! – Hilf mir, Michael, Michael, hilf!

Da löst sich der Junge aus seiner Starrheit und rennt hinter dem Wagen her, er rennt sich die Seele aus dem Leib: – Marion! – Michael! – ist auf gleicher Höhe, als sei er geflogen – Michael! – Marion, mein Engel, ruft er: Hier! Und wirft ihr ein Päckchen in Geschenkpapier zu – Was ist das? – Du weißt schon – atemlos bleibt er zurück, wird kleiner bis zum Punkt, dann ist weit und breit nichts mehr zu sehen, nichts als ein vernichtendes Nichts.

„Der Engel!" ruft sie.

Marie legt ihr die Hand auf die heiße Stirn: „Sei ruhig, mein Kind ..."

„Der Engel – Mutter, ist der Engel nicht da?"

Mutter! Erneut durchfährt es Marie wie ein Feuerstoß: Mutter! Diesmal ist sie sicher, sie hat sich nicht verhört. „Ja, mein Kind?"

Gelobt seist du, Herr! Siehe, wie mein Herz vor Freude brennt!

„Ja, mein Kind, hier bin ich, hier ist er!" Sie deutet auf den Nachttisch neben dem Bett, stolz hat der Engel das Haupt erhoben, über dem Gesicht liegt ein Schleier aus Licht und Schatten, deutlich ist zu sehen, der Engel singt!

„Mutter?"

„Ja?"

„Warum heißt der Vater John und nicht Michael?"

„Er hat zwei Namen, Johannes und Michael. Später, als ich groß war, habe ich ihn John genannt, er wollte es so. Michael sei der Engel, sagte er, der Erzengel Michael."

„Und du?"

„Auch ich habe zwei Namen: Marion und Marie, genau wie du."

„Wie ich?"

„Du heißt Dorothea und Angela."

Sie schweigt, Dorotheas Atem geht ruhig, sie schließt wieder die Augen, ein nach innen gewandtes, waches Gesicht. Dann, nach einer Weile flüsternd: „Mutter, wusste der Vater, dass es der verlorene Engel war?"

„Vielleicht, mein Kind, vielleicht auch nicht. Wir verloren beide darüber kein Wort. Es ist ein Geheimnis geblieben, so wie der Engel selbst – er allein hat sich uns geschenkt."

Dorothea nickt, wie müde sie ist! Er hat uns einander geschenkt, sagt sie – sagt sie es wirklich oder nickt sie nur? Hat sie bemerkt, wie auch der Vater ans Bett getreten ist? Sie nickt, sie nickt ihnen zu, sie nickt wieder ein, sie lächelt, sie schweigt – schweigt sie? Nein, sie schreit:

Halt! schreit sie und sie schreit so laut, dass es von allen Bergen widerhallt: Halt!

Und das Wunder geschieht, der Wagen hält an, sie fällt, sie stürzt, stürzt hinaus, der Wagen ist fort – aber du, wo bist du?

Hier, ist die Antwort des Jungen: Hier!

Sie läuft ihm entgegen, er stürzt auf sie zu, sie fassen sich an den Händen und können es nicht fassen: Du!

Ja, ich – du!

Hand in Hand gehen sie den Weg zurück, vorbei an dem schwarzen Passanten, der lächelnd an die Hutkrempe greift und grüßt und ihnen lange Zeit nachschaut. Aber sie sehen ihn nicht, unbeirrt folgen sie ihrem Weg, verfolgen den Weg des Geschehens zurück, bis hin zum Anfang aller Dinge, bis über ihr Ende hinaus.

* * * * *

Wieder steht sie am Fenster und schaut nach draußen. Wie anders als gestern ist heute der Blick ins Tal. Tief verschneit ruhen die Hänge, ihr scheint, als hätten sich die Bergspitzen über Nacht gerundet, Himmel und Erde berühren sich weich. Nun geht die Sonne über dem Großen Kelchen auf, weißgolden ruht das Licht auf dem weiten Rund. Da, wo die Schatten noch nicht gewichen sind, hält sich der Frost als blauer Dunst über dem Schnee. Aber in der Stube ist es warm, die Wärme umfängt sie von allen Seiten, ihr ist, als werde sie schon den ganzen Morgen von einem Engel umarmt: *Siehe, ich verkündige euch große Freude* ... Auch ich möchte ihn umarmen, ruft es in ihr, dich, Michael, diesen Tag! Sie spürt, dass sie heute Geburtstag hat, ein Tag, in dem sie von nun an geborgen ist.

Sie dreht sich um, er steht hinter ihr, lächelt, sieht sie an, er schaut durch sie hindurch in den leuchtenden Tag. „Niemand kann mehr zur Wetteralm hinauf", sagt er, als spräche er mit sich selbst. „Niemand kann die Weihnachtsbäume schlagen – habe ich es nicht gesagt?"

Sie antwortet nicht, sondern packt sein Geschenk behutsam aus, zum Vorschein kommt ein Engel aus hellem Holz.

„*Mein* Engel!" ruft sie und presst ihn an ihre Brust.

Der Junge stutzt, starrt sie ungläubig an, drohend ziehen sich die Brauen zusammen, eine tiefe Kerbe entsteht auf der Stirn. Dann glättet ein Lächeln das Gesicht wie der Wind, der im Pulverschnee flüchtige Spuren verwischt und hellt sich zu einem Lachen auf. Klar, will das Lachen sagen, habe ich ihn dir nicht ...?

„Klar", sagt der Junge: „Ich habe ihn dir ja geschenkt!"

Sie legt den Kopf schief und lächelt ihn an, als dächte sie nach, doch widerspricht sie ihm nicht. Sie schweigt und lässt das Geschenk auf sich beruhen, gemeinsam betrachten sie den Engel und drehen ihn hin und her. Die Arme liegen am Körper eng an, die Hände sind geöffnet, als trügen sie ein unsichtbares Geschenk. Unsichtbar? Sichtbar? Der Engel ist ein Wunder, er bringt sich selbst zum Geschenk.

Der Junge sieht das Mädchen, das Mädchen den Jungen an, sie können nicht glauben, was sie sehen, wohl aber sehen, was sie glauben – dem Erschrecken macht tiefe Verwunderung Platz.

„Sieh nur die Flügel!" sagt der Junge: „Sind sie nicht heil?"

Sie ist still, endlich nickt sie: „Vollkommen heil!"

Er schüttelt den Kopf: „Das ist unerhört ..."

Sie unterbricht ihn: „Der Engel! ... Hörst du ihn nicht?"

Er stockt, er nickt, ein Staunen hat ihn erfasst. „Glaubst du, dass der Engel singt?"

„Er singt", sagt sie – er zögert, stimmt zu und wiederholt dann: „Er singt", beide lauschen in die Stille hinaus.

Hinaus oder hinein? Wer kann das wissen? Es ist unerhört, hört ihr?

Der Engel singt.

Von Friedrich Kabermann
außerdem bei Books on Demand erschienen:

Lichte Schatten
Essays / 2014
ISBN 978 3 7386029755

Abend in Violett
Roman / 2015
ISBN 978 3 738647952

Im toten Winkel
Roman / 2021
ISBN 978 3 753403106